KB121197

로크미디어가
유혹하는
재미있는 세상

ROK
MEDIA
로크미디어

이것이 삶이다

이것이 법이다 155

2023년 3월 3일 초판 1쇄 인쇄
2023년 3월 8일 초판 1쇄 발행

지은이 자카예프
발행인 강준규

기획 이기헌 왕소현 박경무 강민구 조익현
책임편집 최전경
마케팅지원 이원선

발행처 (주)로크미디어
출판등록 2003년 3월 24일
주소 서울시 마포구 마포대로 45 일진빌딩 6층
Tel (02)3273-5135 **Fax** (02)3273-5134
홈페이지 rokmedia.com **E-mail** rokmedia@empas.com

ⓒ 자카예프, 2015

값 9,000원

ISBN 979-11-408-0289-0 (155권)
ISBN 979-11-255-9575-5 04810 (세트)

이것이 법이다

155

자카예프 장편소설

로크미디어

CONTENTS

넌 어차피 죽어

  권우설은 미칠 것 같았다.

  물론 날림으로 공사한 자신의 잘못이기는 하다. 하지만 지금까지 누구나 그렇게 공사해 왔다. 그런데 자신만 이렇게 당해야 하는 현실이, 그는 억울했다.

  "젠장."

  "사장님, 어쩌죠? 검찰에서는 송정한 의원을 조지라는데."

  당연히 권우설의 회사는 발칵 뒤집어졌다.

  어떻게든 해결책을 찾아내기 위해 모두 모여서 회의를 시작했지만 딱히 방법이 없었다.

  "송정한을 건들면 분명 새론, 아니 마이스터에서 우리를 조질 거야. 야, 우리가 마이스터를 이길 수 있겠냐?"

"턱도 없죠. 마이스터나 미다스가 아니라 노형진인가 하는 그 변호사 한 명도 못 이길 겁니다."

"그러니까 해결책을 찾아보자고 이렇게 모인 거 아냐!"

권우설은 뻔한 말에 소리를 버럭 질렀다.

"걱정만 하지 말고 해결책을 말해 봐, 해결책을!"

하지만 그런다고 해결책이 갑자기 튀어나올 수 있을 리가 없었다. 더군다나 양쪽에 호랑이가 버티고 있는데 말이다.

"김 변, 어떻게, 방법 없어?"

그나마 똑똑한 김 변호사에게 권우설은 혹시나 하는 마음으로 물었다.

김 변호사는 브로커로서 자신이 뇌물을 여기저기 뿌릴 때 그걸 도와준 사람이다. 그러니 그가 적당한 사람을 소개해 준다면 혹시나 다시 한번 돈으로 틀어막을 수 있을지도 모른다.

하지만 그런 권우설의 기대는 무참하게 무너졌다.

"힘듭니다, 사장님. 이번에는 양쪽 다 너무 거물이에요."

"이런 씨입⋯⋯."

그 말에 권우설은 울고 싶어졌다.

"이게 첩첩산중이라는 건가."

울상을 한 권우설.

그런 그에게 호랑이까지 찾아왔다는, 그의 멘탈을 나가게 하기에 충분한 소식이 전해졌다.

"저기 사장님, 노형진 변호사라는 분이 찾아오셨는데요."

"뭐?"

회의실 문을 열고 조용히 말하는 비서의 말에 권우설의 눈동자가 격하게 흔들렸다.

호랑이를 피하고 싶어서 몸부림치는데 호랑이가 눈앞까지 왔다는 소리에 그는 삶의 희망마저도 사라지는 기분이었다.

"드…… 들어오시라고 해."

아무리 그가 깡이 좋아도 노형진을 알면서도 피할 수는 없었다.

잠시 후 들어온 노형진을 본 권우설은 침을 꼴깍 삼켰다.

"안녕하세요, 노 변호사님."

"음…… 반갑지는 않죠? 그죠?"

노형진은 웃고 있었지만 권우설은 울고 싶었다.

"그러니 대표님, 거래하죠."

"그래요?"

"네, 거래요. 아니면 그냥 돌아가고요."

노형진은 돌려서 말하지 않았다.

"그, 무슨 거래를 하시자는 건지……."

"모른 척하신다면야, 뭐."

노형진은 자리에서 일어났다.

"이만 가 보겠습니다. 보니까 회사 임원분들이랑 대책 회의를 하시던 모양인데."

좌중을 스윽 둘러본 노형진은 피식 웃었다.

"감옥에 가실 분들이 몇 분이나 될지 궁금하네요."

그 말에 안에 있던 사람들의 얼굴이 하얗게 탈색되었다.

"자…… 잠깐만요. 네, 거래하시죠. 네, 거래……."

"일단 들어나 보시는 게 좋을 겁니다."

노형진은 권우설의 말에 다시 자리에 앉았다. 그리고 조용히 말했다.

"지금 검찰에서 협박받고 계시죠, 송정한 의원님 가족을 건드리라고?"

"……."

"뭐, 그걸 뭐라 하는 건 아닙니다. 정치라는 게 그런 거니까요. 뭐, 그거 하지 말라고 하지도 않습니다."

"네?"

이건 생각지도 못한 말이었다.

그도 그럴 게, 당연히 하지 말라고 할 거라 생각했으니까. 그런데 해도 괜찮다니?

"저기…… 어떤 내용인지 아시는 겁니까?"

"아마도 수원에 계신 송정한 의원님의 따님과 사위분을 통해 송 의원님께 뇌물을 줬다는 내용일 텐데. 아닌가요?"

"……."

"건설업은 뻔하죠. 사실 여기저기 빼돌린 돈도 많을 테고."

실제로 건설업을 하면서 준 뇌물이 한두 푼이 아니다. 족히 50억은 빼돌려서 이미 수원과 주변에 뇌물로 쓴 상황.

검찰은 그 종착역을 송정한으로 이야기하자는 거였다.

"그걸 하라고요?"

"네."

혼란스러운 상황.

설마 노형진이 송정한을 배신하는 것일까? 그러면 최고의 상황이 된다.

하지만 권우설의 추측처럼 노형진이 송정한을 배신한 것은 아니었다.

"다만 누군가 술을 마시고 실수를 좀 해 줘야 하겠는데요."

"술을 마시고 실수를 해야 한다고요?"

"네. 그건 알아서 정해 주셨으면 합니다."

소름 끼치는 노형진의 미소에 권우설은 악마의 미소가 뭔지 확실하게 느낄 수 있었다.

⚖

"그러니까 터트리자고?"

송정한은 노형진의 말을 듣고 어이가 없었다.

"네, 이참에 검찰에서 같은 수법을 못 쓰게 해 놔야 합니다. 검찰에서는 수십 년 동안 이 방법으로 자신들에게 적대적인 정치인을 몰락시켜 왔습니다."

실로 검찰에서만 쓸 수 있는 방법이다.

가짜 제보를 받아 한 사람을 조사해서 탈탈 털어 버리고 사회적으로 고립시킨다.

나중에 무죄가 나와 봐야 그는 이미 사회적으로 말살된 상황.

그 방법으로 다른 사람도 아닌 전직 대통령까지 죽였던 검찰이다.

당연히 한국에서 그 방법에 저항할 수 있는 사람은 아무도 없었다.

"그건 그렇지."

"물론 우리가 작심하고 권우설을 협박해서 입을 다물게 할 수는 있죠. 하지만 한국은 넓고 회사는 많습니다. 그중 어떤 곳이 또 이런 수작질에 동참할지 다 알아낼 수는 없습니다."

"하긴, 이번에는 운이 좋았지."

설마 딸과 사위까지 건드리지는 않을 거라 생각했던 송정한이다.

하지만 검찰은 없는 죄라도 만들어서 송정한을 막고 싶어 하는 상황.

"사실 현재 상황에서 검찰만 입을 다물면 당분간은 조용해집니다. 반대로 생각하면, 검찰 입장에서는 지금이 아니면 더더욱 공격하기 힘들어진다는 뜻이죠. 그러니까 검찰은 어떻게 해서든 이걸 해낼 겁니다. 설사 권우설이 아니라고 하더라도요."

"그러면 어떻게 하려고?"

"간단합니다. 일단 터트린 후에 뒤집어 버리는 거죠."

"터트린 후에 뒤집는다. 보통 자네는 터지기 전에 무마하지 않나?"

"그거야 이쪽에 문제가 있을 때의 이야기죠."

사실 이런 전략에는 여러 가지 문제가 많다.

가장 큰 문제는, 그게 터진다고 해도 언론에서 제대로 전달해 주지 않을 거라는 점이다.

"하지만 중요한 점은 그게 아니죠. 검찰 내부에서 정변을 일으킬 확실한 핑계가 된다는 거죠."

"정변?"

"네. 우리가 사전에 막으면 검찰은 다시 같은 수작을 부릴 겁니다. 하지만 터진 후에 막히면 다시는 같은 방법을 쓸 수가 없죠. 이제는 공수처가 있으니까요."

"아, 그건 그렇지."

공수처가 생겼고 그들은 여전히 활동 중이다.

검찰의 가장 큰 소원이 뭔가? 바로 공수처의 해체다.

"우리가 사전에 터트리면 그들은 실행을 하지 않을 테고, 당연히 공수처에서 그들을 조사할 수도 없습니다."

"하지만 터트린 후에는 공수처에서 확실하게 건드리겠지."

건드릴 수밖에 없다. 검찰에서 범죄를 설계한 거니까.

"물론 그래 봤자 아래에서 좀 잘라 내고 말겠지만 최소한 그 기간 동안은, 아니 그 이후에도 상당 기간 윗선은 공수처의 눈치를 볼 수밖에 없습니다."

"확실히 그럴 거야. 공수처가 바보는 아니니까."

"의원님도 사건의 기록이 왜 중요한지 아시지 않습니까?"

정형화된 사건 기록이 존재하면, 비슷한 사건이 발생했을 때 그 사건 기록을 보고 다시 추적하는 게 쉽다. 그걸 적용한 게 바로 새론이고 말이다.

그런 면에서 봤을 때 공수처에는 아직 검찰의 사건 조작과 관련된 명확한 증거가 없다.

"그런가?"

"네. 사실 다 아는 거지만 동시에 존재하지 않는 사건이니까요. 애초에 기소권은 검찰이 다 쥐고 있는 거 아닙니까?"

"아, 그랬지. 나도 나이를 먹나, 자꾸 까먹는구먼."

이런 식으로 사건을 조작해서 정치적 라이벌이나 주요 인사를 몰락시키는 건 사실 아주 흔한 경우다.

조선 시대에도 역모라는 이름으로 밀고를 통해 정적을 조져 버리는 일이 흔했으니까.

하지만 대한민국 건국 이후로 관련 사건의 기록은 전혀 없다.

왜냐, 검찰이 기소권을 독점하고 있기 때문이다.

"옛날부터 시체가 없으면 살인도 없다고 했죠. 기소가 없으면 범죄도 없는 겁니다."

그래서 다들 이런 범죄가 있다는 건 알지만 공식적으로는 사례도, 판례도 없다.

"하지만 이번에 제대로 사례가 생기고 기록으로 남게 되면 나중에 비슷한 사건이 발견되었을 때 공수처에서 수사할 수 있는 정당한 권한이 부여되겠죠."

법은 의외로 규칙을 중요하게 여긴다. 그래서 법을 가지고 장난치는 놈들이 가장 신경 쓰는 것 중 하나가 아예 그런 규칙 자체가 만들어지지 않게 하는 것이다.

이는 법률의 세계에서 생각보다 아주 중요하게 여겨진다.

"하지만 방법이 없지 않나?"

송정한은 고개를 갸웃했다.

노형진의 계획이 참으로 그럴듯하기는 했다. 그의 말마따나 사건의 형태가 잡혀 있다는 것 자체로 법률계에서 가지는 효과는 어마어마하다.

"우리가 나중에 억울하다고 말해도 그게 전달되지는 않을 텐데."

"그러니까 '예언'하는 거죠."

"예언?"

"인터넷에다가 글을 올려 둘 겁니다."

"그러면 검찰에서 공격하지 않을 텐데?"

    물론 송정한 입장에서는 그것도 나쁜 전략은 아니다. 최소한 지금 들어오는 공격은 확실하게 막을 수 있으니까.

    "물론 그러겠지요. 단, 그 사실을 안다면 말입니다."

    "안다면?"

    "인터넷에 얼마나 많은 글이 올라오는지는 잘 아시지 않습니까?"

    하루에도 수십 수백 수천만 개의 글이 올라온다. 그리고 대부분 묻혀 버린다.

    일부 공감이나 분노를 일으킬 만한 사건들은 국민들이 알고 널리 퍼지기도 하지만, 대부분의 사건은 그냥 그렇게 묻혀 버린다.

    "일단 묻어 버리는 거죠. 아무리 검찰이라고 해도 그걸 추적하는 건 불가능합니다."

    "하지만 흥하게 하는 거야 어렵지 않지만 망하게 하는 건 쉽지 않을 텐데?"

    인터넷에서 돈을 주고 '추천 조작'을 하면 사건을 흥하게 하는 거야 어렵지 않을 거다.

    하지만 사람들이 관심을 가지지 않게 하는 것은 상당히 힘들다. 아니, 불가능하다.

    사람들의 이목이 쏠리기 시작한 상황인데 어떻게 주의를 돌린단 말인가?

    "압니다. 하지만 그런 묻혀 버리는 사건들의 공통점이 있지요. 그 공통점만 지킨다면 대부분의 경우 묻어 버릴 수 있습니다."

다만 그 후에 사건이 공개되면서 관련 글들이 소위 말하는 예언처럼 인식되는 경우가 있다.

"흠……."

송정한은 고민했다.

사실 여기서 멈추고 자신만 보호하려고 하는 거라면 어려운 일은 아니다. 노형진도 송정한도, 그 정도 힘은 가지고 있다.

하지만 두 사람은 검찰이 다시는 이런 짓을 하지 못하게 하고 싶었다.

이번에는 못 하게 한다 해도 언젠가 또다시 시도할 테고, 그중 한 번이라도 걸리면 타격이 크다.

아직은 선거가 멀었다지만 선거가 코앞인 상황에서 이런 사건이 또 일어나면 그야말로 치명타가 될 수도 있다.

"자네의 계획을 좀 자세하게 들어 볼 수 있을까?"

"제 계획은……."

노형진은 설명을 시작하면서 미소를 지었다.

⚖

얼마 후 인터넷에 예상치 못한 글이 올라왔다.

―내가 지난번에 술집에서 재미있는 소리를 들었다. 검찰에서 송정한 의원 딸하고 사위를 범죄로 엮어서 조지기로 했다더라. 이미 가짜 증언이랑 증인도 다 확보해 놨대. 수원에 있는 모 기업이라 카더라. 거기서 송정한 사위랑 딸한테 50억 줬다고 증언해 주기로 입 맞추고 증거까지 다 조작해 놨다고 하더라.

아마 일반적인 상황이었다면 엄청 이슈가 되었을 거다.

노형진이 단순히 검찰의 발호를 막는 거였다면 기자를 통해 관련 기사를 게시했을 테고, 그랬다면 검찰은 계획을 멈출 수밖에 없었을 것이다.

하지만 이번 계획은 좀 달랐기에 그냥 방치했다.

―그걸 네가 어케 앎?
―술 먹다 들었음. 거기 직원 한 명이 그거 자료를 쥐고 있다고, 사장 협박해서 돈 좀 받아 낼까 생각 중이라던데?
―네, 다음 들었다충.
―미친, 그런 소리를 공개된 술집에서 한다고? 헛소리도 참.
―아니, 술에 취해서 지껄일 수도 있지.
―지랄하네. 뭔 말도 안 되는 소리야?

인터넷에는 수많은 글이 올라오지만 사람들은 전해 들었다는 말을 잘 믿지 않는다. 그런 식으로 헛소리하는 놈들이 엄청나게 많기 때문이다.

실제로 그렇게 글을 올려 봐야 추천을 해 주기는커녕 피식 웃고 마는 경우가 대부분이다.

그리고 그게 노형진이 노리는 바였다.

"남에게 들었다고 하면 대부분의 사건은 묻혀 버린다 이거 군!"

송정한은 탄성을 내질렀다.

분명 잠깐 이슈가 되는 듯했으나 해당 글은 순식간에 묻혀 버렸다.

"네. 현재 한국의 인터넷 문화죠."

워낙 근거가 없는 글들이 판치다 보니 대부분의 경우 중립을 지키려고들 한다.

물론 그렇다고 해서 모두가 중립을 지키는 것은 아니지만, 그래도 이렇게 누군가에게 들었다는 말은 신경을 쓰지 않는 경우가 대부분이다.

"당연한 거죠. 자신이 당사자라고 밝혀도 믿지 못하는 게 인터넷인데, 사실은 들은 이야기일 뿐이라고 한다면 대부분 거짓말이거든요."

하물며 사람이 많은 곳에서 어떤 술에 취한 사람이 자신이 그와 관련된 결정적인 증거를 쥐고 있으며 그걸로 상대를 협박해서 두둑하게 한몫 챙길 거라고 말했다는 이야기를 누가 믿겠는가?

"중요한 건 일단 글이 올라왔다는 거죠."

앞으로 터질 일에 대해 미리 이야기가 나왔고 그게 인터넷에서 사람들에게 조금씩 소문이 났다.

"그리고 검찰에서는 그걸 모르고 있고요."

노형진은 날아온 소환장을 보며 비웃음을 날렸다.

송정한에게 날아온 소환장.

검찰에서는 권우설을 엮어 사건을 조작하고 송정한을 묻어 버리겠노라고 이 일을 실행한 것이다.

"뭐, 이해는 합니다만."

정치질 하는 놈들이 인터넷 같은 데에 신경이나 쓰겠는가?

"아마 슬슬 인터넷에서 떠들기 시작할 겁니다."

언론은 이미 눈치를 보고 있다. 아직 선거도 멀었으니 벌써 설레발치다가 망하기보다는 좀 더 두고 보겠다는 의미다.

그런 상황에서 검찰의 말을 그대로 전달해서 기사를 내면 다음 날 자신들 모가지가 날아갈 건 당연한 일.

그들은 최소한의 보도만 하고 있다.

"하지만 그것만으로도 충분하죠."

최소한의 보도만으로도 그걸 근거 삼아서 자유신민당의 지지 세력과 송정한을 공격하고자 하는 세력들이 달라붙을 거다.

그리고 그게 인터넷에서 이슈화되는 것은 순식간일 테고

말이다.

"따님이랑 사위분은 어떠신가요?"

"뭐, 일단은 괜찮아. 혹시 몰라서 다른 곳으로 피신시켜 놨으니까."

딸도 사위도 일단 일하던 곳에 휴직계를 내고 다른 곳으로 피난한 상태다. 언론이나 자유신민당 지지자들의 공격을 막기 위해서였다.

"그러면 이제 슬슬 불을 피워 볼까요? 후후후."

노형진의 말대로 얼마 지나지 않아 자유신민당 계열의 송정한에 대한 대대적인 공격이 시작되었다.

-송정한 의원은 반성하라.

-받은 게 50억밖에 안 되겠냐?

-송정한 집에 금괴가 7만 톤이 있다더라. 검찰은 당장 압수수색 하라!

말도 안 되는 헛소문이 빠르게 퍼지자 검찰은 즐거운 비명을 질렀다.

"역시 이 방법은 먹힌다니까."

"자기가 어쩔 건데?"

조양태는 신이 났다.

이대로 계획대로 밀고 나가면 송정한을 묻어 버리는 건 어려운 일이 아니니까.

돈 이체 내역? 현금으로 줬다고 하면 그만이다.

이미 권우설이 자필로 뇌물 내역이라고 수첩에 적어 놓도록 해 놨으니 그걸 증거 삼으면 된다.

이런 경우 받은 적이 없다는 증거는 송정한이 내놔야 하는데, 없는 증거를 내놓을 방법은 없다.

그러니 이로써 확실하게 송정한을 날려 버릴 수 있게 된 것이다.

"개혁? 하! 지랄하지 마. 언제부터 자기들이 한국을 지배했다고? 고작 국회의원 따위가 말이야."

그에 반해 검찰은 어떤가? 무소불위의 권력을 휘두른다. 그 과정에서 범죄를 저질러도 누구도 기소하지 못한다.

조양태 입장에서 이 나라 권력의 핵심은 대통령이나 국회의원이 아닌 검찰이었다.

"확실하게 묻어 버려서 본을 보여."

"어떻게 할까요?"

"일가족이 다 자살할 때까지 밀어붙여. 본을 보여야 다른 놈들이 알아서 기지."

그렇잖아도 지난번에 국회에서 자신들 중 일부를 탄핵시

켰다.

그건 용납할 수 있는 일이 아니었다. 고작 국회의원 따위가 검사를 탄핵하다니.

"송정한 그 새끼가 죽고 나면 알아서 기겠지."

이미 조양태의 머릿속에서는 자신이 검찰총장이 돼서 나라를 집어삼키는 미래가 그려지고 있었다.

'처음에는 고작 국회의원이지만, 조금만 기다려라.'

그는 마치 군대가 쿠데타를 일으킨 것처럼 검찰을 이용해서 모조리 잡아넣으면 자신이 대한민국을 지배할 수 있을 거라 생각했다.

하지만 그의 생각은 예상하지 못한 일로 인해 무너지기 시작했다.

송정한이 당당하게 나서서 인터넷에서 캡처한 한 장의 사진을 흔들었기 때문이다.

"이 글에 따르면 당사자는 저에 대한 공격이 검찰에서 계획한 가짜라는 확실한 증거가 있다고 이야기했습니다."

"확실합니까?"

"확실합니다. 그 당사자는 저를 고발한 권우설을 협박해서 적지 않은 돈을 받을 계획이라고 술김에 이야기했다고 합니다. 그 말은 단순히 의견이 아니라 확실한 증거를 가지고 있다는 말이 되겠지요. 그래서 저희는 하나의 거래를 하고자 합니다."

"거래요?"

송정한의 말에 기자들은 눈을 반짝거렸다.

어차피 이슈가 될 바에는 이제는 법률상 전할 수 없는 검찰의 말보다는 송정한의 말을 전하는 편이 안전하니까.

"저희가 현상금으로 10억을 걸겠습니다. 권우설을 협박해서 받을 수 있는 돈은 그것보다 훨씬 적을 거라 생각합니다. 그 자료를 저희에게 넘겨주시면 대가로 10억을 드리겠습니다. 당사자가 누군지 모르겠지만, 연락 주십시오."

파격적인 기자회견이었다.

자신들이 무죄라는 증거를 가지고 있는 당사자에게 막대한 현상금을 주겠다고 한 경우는 처음이니까.

물론 자연스럽게 그 글은 성지순례 장소가 되어 버렸다.

─성지순례 옵니다.

─이 사람 어디서 들었대?

─소문으로는 어느 술집인지 이야기해 주는 조건으로 5천만 원 받았다더라?

─성지순례 왔습니다. 이번 시험에 1등 하게 해 주세요.

─성지 왔습니다. 이번에 로또 1등 부탁드립니다.

그냥 평범하게 묻혀 버린 그런 글이었다. 하지만 무려 10억이라는 포상금이 걸려 버리자 사람들에게 널리 알려졌고,

당장이라도 송정한을 때려죽이라고 외치던 자들은 곤란한 처지가 되어 버렸다.

"이거 뭐야? 어? 진짜야?"

"화…… 확인 중입니다."

"씨팔, 왜 확인을 못 해!"

"그게, 저희가 조사해 보니까 IP가 콩고입니다."

"뭔 개소리야? 거기서 콩고가 왜 나와!"

조양태는 정신이 아득해졌다.

협박하겠다고 당당하게 떠들 정도라면 진짜 확실한 증거를 가지고 있는 것으로 봐야 하기 때문이다.

이게 터지면 검찰이 박살 나는 건 순식간이기에 마음이 급했다.

"아무래도 사용자가 VPN을 사용하는 모양입니다."

"미친."

물론 추적하려면 할 수는 있다. 하지만 그러기 위해서는 영장도 받아야 하고, 그 영장을 기반으로 VPN 회사에 대한 수색도 해야 한다.

문제는 인터넷 게시글 하나로 영장이 나올 리도 없거니와, 나온다고 한들 대부분 해외 기업인 VPN 회사가 말도 안 되는 영장에 굴복해서 자료를 넘길 리가 없다는 것이다.

"당장 가서 어떻게 해서든 자료를 가지고 와!"

조양태는 마음이 다급해졌다.

물론 기소권은 자신들이 가지고 있으니까 덮을 수는 있다. 딱 한 가지, 공수처만 빼면 말이다.

만일 이게 드러나면 조사하는 곳은 공수처가 될 테고, 공수처에서 그냥 넘어갈 리가 없다.

"어떻게 해서든 사건을 덮으라고! 당장 압수수색이든 뭐든······!"

"어딜요?"

"뭐?"

"이미 할 곳은 다 했습니다. 송정한의 사무실, 딸의 집, 사위의 사무실 다 했습니다. 하지만 아무런 증거도 없습니다."

애초에 뇌물을 받은 적이 없으니까.

뇌물을 받았다는 증거는 오로지 단 하나, 권우설의 메모뿐이다.

"더군다나 송정한도 누가 증거를 가지고 있는지 알지 못해서 10억이나 되는 돈을 현상금으로 걸었습니다."

"우리도 그걸 현상금으로 걸면······."

"우리가 반대 증거에 대한 현상금을 걸면 우리의 범죄를 인정하는 꼴입니다."

그 말에 조양태의 얼굴은 사색이 되었다.

직감적으로 일이 잘못되고 있다는 걸 알아차렸지만 이미 늦었다는 것 또한 느낄 수 있었다.

"아마도 어떻게 해서든 사건을 무마하려고 하겠지요."

노형진은 턱을 문지르며 말했다.

"그러니까 이걸 공개하는 거 아닌가?"

송정한은 미리 준비된 증거를 바라보았다.

사실 이 녹음 파일은 권우설의 협조를 받아 만들어 낸 거다. 다만 협박당했다는 식으로 말이다.

"그나저나 검찰이 쉽게 포기할까?"

"그럴 리가 없죠. 어떻게 해서든 막으려고 할 겁니다."

"그러면?"

"그러니까 이번에 한 번 더 장난치면 어떨까 생각 중입니다."

"무슨 말인가?"

"현상금을 공식적으로 거는 건 세금을 내야 하지요. 그러니까 비공식적으로 해야 합니다."

"세금? 무슨 소리야?"

"아직 우리가 자료를 받지 못했다고 생각하게 만드는 겁니다."

이미 증거는 가지고 있지만 검찰이 보기에는 아직 반박할 수 있는 자료를 손에 넣지 못했다고 생각하도록 함정을 파자는 게 노형진의 계획이었다.

'겸사겸사 스파이도 색출하고 말이지.'

"이 안에는 누군가 정보원이 있을 가능성이 큽니다."

노형진이 원한다면 그들을 찾아낼 수 있지만 아직 그럴 시기도 아니기에 방치하고 있는 상황이다.

"하긴, 그건 그래."

당장 송정한을 죽이려고 하는 건 검찰과 자유신민당만이 아니다. 민주수호당 내부에서도 송정한의 계파가 아닌 쪽은 어떻게 해서든 그를 몰아내기 위해 몸부림치고 있다.

"그러니까 이쪽에서 뭘 하든 정보가 새어 나갈 가능성이 아주 큽니다."

"그렇겠지."

"그러니까 그걸 역으로 이용해서 우리가 정보를 흘리는 거죠. 직접 만나서 돈을 주고 자료를 넘겨받는 걸로요."

"그걸 믿을까?"

"어차피 검찰의 보복에 대해 모르는 사람이 없지 않습니까?"

"아! 하긴, 그렇지."

협박에 필요한 녹음 파일을 가진 사람이 검찰의 수사가 두려워 은밀하게 만나서 증거를 넘기려고 한다는 것을 흘리는 거다.

"그리고 검찰의 반응을 보는 거죠."

자신들의 목숨 줄이 잡혀 있다면 과연 상황이 어떻게 흘러

갈까?

"아마 재미있는 일이 벌어지지 않을까 싶습니다만."

"뭐라고? 찾았어?"

"네, 그 증거를 가지고 있는 놈이 송정한 의원 측에 연락을 해 왔답니다. 10억을 주면 자료를 통째로 넘겨주겠다고 했답니다."

"이런 씨팔."

조양태는 사색이 되었다.

얼마 전 그는 다급하게 권우설을 불러서 이런 짓거리를 할 만한 사람에 대해 물었다.

그리고 이 일이 터진 후에 직원 한 명이 자료를 가지고 튀었다는 이야기를 들었다.

어찌 되었건 부실 공사는 사실이고 그걸 책임질 누군가는 필요했으니까.

다만 검찰에서는 거기에서 권우설을 빼 주기로 한 건데, 그걸 뒤집어쓸 예정이었던 놈이 어떻게 알았는지 혼자는 죽지 않겠다면서 몰래 와서 금고를 털어 갔다는 것.

"미친 새끼…… 그걸 왜……."

"그놈도 자기가 살려고 그런 것 아니겠습니까?"

문제는 권우설 이놈이 검찰이 약속을 지키지 않을 것에 대비해서 자신들과 통화한 내용이나 녹음 파일 등등 증거가 될 만한 걸 금고에 몰래 넣어 두고 있었다는 점이다.

정확하게는 그렇게 이야기가 되어 있었기에 조양태 입장에서 이건 완전히 망하게 생긴 문제였다.

"그런데 송정한한테 붙었다 이거지?"

"그렇지요. 이제 와서 우리 측에 붙어 봐야 좋을 게 없으니까요."

애초에 죄를 뒤집어쓰고 감옥에 갈 예정인 놈이었고, 여기서 그걸 협상해 봐야 검찰 입장에서는 괘씸죄로 형량이 더 늘면 늘었지 줄어들 리가 없기에 그는 송정한에게 돈을 받고 넘기기로 했다는 것.

"일단 그 새끼부터 잡자."

"네? 하지만 어디에 있는 줄 알고요?"

신분은 알지만 그놈이 어디에 있는지는 알지 못한다.

"어차피 송정한 그 패거리가 그놈한테 뭘 받기로 했다면서? 그걸 추적해서 잡으면 되는 거지."

"하지만 뭐로요?"

"금고 털어 간 새끼라면서? 그걸로 체포해. 그 후에 언론에다가 그걸로 밀어붙여."

범죄자가 거짓말을 한 거다. 그리고 그렇게 보이도록 확실하게 범죄자를 처벌한다면 충분히 이번 사건을 덮을 수 있다.

물론 쉬운 건 아니겠지만 그렇다고 불가능한 것도 아니다.

"하지만 그러기 위해서는 송정한 의원이나 그 패거리를 감시해야 하는데요."

부하 검사의 말에 조양태는 화를 버럭 냈다.

"어떻게 해서든 감시해! 수백 명이든 수천 명이든, 인원은 필요한 대로 뽑아서 감시하라고!"

"하지만 민간인 사찰은 위험합니다."

"지랄. 언제부터 우리 검찰이 그딴 걸 신경 썼어? 우리가 법보다 위에 있다는 거 몰라? 입 닥치고 시키는 대로 해!"

"네, 알겠습니다."

조양태의 말에 부하 검사들은 더 이상 반박도 하지 않고 고개를 끄덕거렸다.

법보다 검사가 위에 있다. 그건 자신들도 동의하는 말이었으니까.

"특히 그 노형진 그 새끼가 받으러 갈 가능성이 높으니까 그 새끼는 무조건 감시해."

"네, 알겠습니다."

"빌어먹을."

얼마 전까지만 해도 대한민국을 지배하면서 호령하는 꿈을 꾸던 조양태는 자신의 몰락을 믿을 수가 없었다.

만나기로 한 곳. 그곳은 한적한 시골이었다.

그곳에서 노형진은 그 자료를 가진 남자를 만날 수 있었다.

"여기 있습니다, 10억."

노형진은 가방 가득히 담겨 있는 5만 원권을 보여 줬다.

그걸 보고 남자는 침을 꿀꺽 삼켰다.

"설마 막 위조지폐 같은 건 아니겠죠?"

"그럴 리가 있겠습니다. 저희는 새론입니다. 새론에서 위조지폐를 쓸 이유가 없지요."

"하긴, 그건 그렇죠."

그랬다가는 진짜 회사가 망할 수도 있는 일이니까.

남자는 돈이 담겨 있는 가방 두 개를 번갈아 보더니 품에서 작은 USB 하나를 꺼내서 내밀었다.

"여기에 다 있습니다."

"다 있다고요?"

"네. 녹음 파일, 서류, 동영상까지 모두."

"흠……."

"검찰에서는 확실하게 엮어 주는 조건으로 권우설을 빼돌려 주기로 했습니다."

"무슨 뜻인지 알겠습니다."

노형진은 그걸 받아서 조심스럽게 안주머니에 넣었다.

"제 존재는 비밀로 하는 겁니다."

"걱정하지 마세요. 검찰에서는 절대 손대지 못할 겁니다."

평화롭게 오가던 두 사람의 대화.

하지만 그 대화는 금방 끊어졌다.

"꼼짝 마! 경찰이다!"

갑자기 주변으로 몰려드는 검찰과 경찰.

그들은 노형진과 새론의 변호사 그리고 남자를 둘러쌌다.

"이런 씨팔."

남자는 당황해서 도망가려고 했지만 이미 주변이 완전히 포위된 상황.

"박근태 널 절도 혐의로 체포한다."

총을 들이대면서 다가오는 경찰과 조양태.

노형진은 그들을 보고 눈을 찡그렸다.

'조양태가 직접 오다니, 확실히 다급한 모양이네.'

조양태가 누군지는 안다. 이번 일의 총책임자라는 것도 알고 있다. 그런데 그런 놈이 직접 오다니.

"단순 절도범을 체포하는 것치고는 너무 거창한 거 아닙니까?"

검사들에 검찰 측 수사관, 거기에 경찰까지 족히 스무 명은 넘는 인원.

확실히 절도범 하나 체포하기에는 과한 규모다.

"입 닥쳐, 공무집행방해죄로 감방에 처넣기 전에."

이미 상황은 끝났다고 생각한 건지 조양태는 이를 드러내면서 으르렁거렸다.

그리고 손들고 있는 노형진에게 다가와 품을 뒤적거리더니 그 안에서 USB를 꺼냈다.

"이딴 걸로 감히 검찰을 잡을 수 있을 것 같아?"

그는 USB를 패대기치더니 그대로 밟고는 몇 번이나 잘근잘근 찍어내려 확실하게 부숴 버렸다.

"저 새끼 집이랑 관련된 곳 다 뒤져서 원본이 또 있는지 확인해서 없애."

"네, 검사님."

노형진은 그걸 보고 눈을 찡그렸다.

"그런다고 벗어날 수 있을 거라 생각합니까?"

"하? 어쩔 건데? 기소권은 우리한테 있어. 내가 지금 당장 너희 모두를 죽여도 기소하지 않으면 그만이야."

"공수처라는 곳은 모르는 모양이군요."

"아, 공수처? 그 병신들 모임?"

그 말에 조양태는 키득거렸다.

"증거가 없으면 아무것도 못 하는 그 병신 새끼들, 그 새끼들이 뭘 어쩔 건데? 어?"

"증거가 필요하면 만들어 내면 그만이라고 생각하나 보군요."

"당연한 거 아냐? 증거는 만들면 그만이야."

"뭐, 당신 의견은 알겠습니다."

노형진은 고개를 끄덕거렸다. 그런 노형진의 모습을 보면서 조양태는 돌연 꺼림칙했다.

'이게 아닌데.'

이런 상황에서는 당연히 화를 내고 흥분해서 달려들어야 한다.

그런 놈들을 잡아서 패대기치고 공무집행방해죄로 감방에 넣는 거야 어렵지 않았다.

당연히 이번에도 그럴 거라 생각했다.

그런데 노형진은 묘하게 침착했다.

게다가 노형진뿐만이 아니다. 노형진과 함께 온 사람, 심지어 범인조차도 언제 당황했냐는 듯 피식 웃고 있었다.

"뭐야, 이 새끼들? 검사 말이 우습게 들려?"

"아니요. 그 말이 아니라 지금 상황이 우스워서요."

"뭐?"

"요즘 같은 21세기에 아직도 오프라인 만남으로 물건을 넘겨받을 거라고 생각하셨습니까?"

"뭐라고?"

"자료를 도둑질한 사실과 그 자료를 가진 게 누군지 빤히 아는 검찰이 설마 나중에 보복하지 않을 거라 생각했을까요?"

"어?"

그러고 보니 이상했다.

만일 저쪽 신분을 몰랐다면 이렇게 몰래 받아서 공개하는 게 가능하겠지만, 이미 저쪽은 검찰과 사장이 범인의 신분을 알고 있다는 걸 알고 있다.

"다 아는 사이에 굳이 USB로 번거롭게 주고받을 이유는 없죠. 지금은 21세기입니다. 그 정도 용량의 자료는 웹하드를 통해 주고받을 수 있습니다."

그 말에 조양태의 눈동자가 흔들리기 시작했다.

생각해 보니 확실히 그렇다. 익명이 필요하다면 퀵 같은 방법도 있으니까 굳이 직접 만날 필요는 없다.

"아마 지금쯤 말입니다. 당신들이 한 말과 증거들이 공개되고 있을 겁니다."

"뭐…… 뭐라고?"

"감시가 당신들만의 권한이라고 생각했습니까?"

노형진은 이미 그들이 올 거라는 걸 예상하고 있었다.

그래서 미리 사람을 붙여서 그들이 움직이기를 기다리고 있었다.

그들은 그것도 모르고 정보대로 자료를 빼앗기 위해 출발했고, 그 틈을 이용해서 이미 자료는 인터넷에 공개된 상황이었다.

털썩.

조양태는 힘이 빠져 자리에 주저앉았다. 그리고 그 순간 그의 핸드폰이 미친 듯이 울리기 시작했다.

하지만 그는 받을 수가 없었다. 받아 봐야 의미가 없으니까.

"증거를 없애기 위해 공권력을 동원하고 총으로 위협하고, 결과적으로 증거가 담겨 있는 USB를 박살 내셨군요."

노형진은 몸을 숙여서 박살 난 USB를 바라보았다.

"김치 하세요."

"김치?"

"요즘은 카메라가 좋아서 줌 기능도 좋거든요."

노형진은 허공을 가리켰다.

아마 그 너머에는 보이지 않는 카메라가 있을 거다.

그리고 노형진은 감춰 둔 마이크를 톡톡 쳤다.

"뭐, 제가 출연료 겸해서 광고 수익은 당신한테 드리겠습니다. 조회 수가 못해도 천만은 나올 것 같은데. 변호사비가 엄청나게 필요하실 겁니다, 아마. 이건 당신이 그렇게 자랑하는 검찰도 못 덮을 것 같으니까요. 네, 기소권은 검찰이 독점하고 있죠. 어디 한번 불기소를 받아 보시죠."

그 말에 정신이 나가 버린 조양태의 가랑이에서 누런 액체가 주르륵 흘러나왔다.

⚖

"검찰에 피바람이 불고 있더군."

"그럴 겁니다. 관련된 놈들이 어디 한둘이어야 말이지요."

공수처에서는 조양태를 비롯해 주변 검사들을 싹 다 털어
내고 있다.

증거가 없다면 모를까, 워낙 확실한 증거가 있다 보니 조
양태는 도망갈 방법이 없었다.

"다만 조양태가 입을 다물고 있는 게 문제이기는 한
데……."

"그럴 수밖에 없을 겁니다. 입을 나불거리면 법원의 도움
을 받기 힘드니까요."

입을 다무는 조건으로 선배들과 법원의 도움을 받아 최소
한의 형량을 받는 게 조양태의 유일한 선택지였다.

"이번에는 검찰의 가장 강력한 무기를 빼앗은 것으로 만족
하세요."

"하긴, 이번에 아주 대놓고 증거를 조작해 왔다는 소리를
했으니."

이제 같은 방법을 써서 일을 꾸미는 건 아마 쉽지 않을 것
이다.

"덕분에 살았네."

"별말씀을요."

송정한의 말에 노형진은 씩 하고 웃었다.

"그나저나 이번에 담당한 사건 말이야, 그거 자네가 진짜
로 하려고?"

"네? 아, 그 사건요? 할 건데요."

"고작 그런 사건을?"

"개인적으로 화가 나서요. 제 가족을 건드리는 놈들을 두고 볼 만큼 제가 착한 사람은 아니지 않습니까?"

"그건 그렇지."

송정한은 고개를 끄덕거렸다.

"책임이라는 걸 모르는 놈들의 뼈에, 책임지는 법을 새겨 줄 겁니다."

"그치들이 가장 무서워하는 거군."

"음…… 그럴지도 모르겠네요."

노형진은 송정한의 말에 은근히 동의할 수밖에 없었다.

야옹야옹

노현아는 개판이 된 주차장을 보면서 한숨을 푹 쉬었다.

"또 이 지랄이네."

"또 온 거야?"

"경고가 경고로 안 보이나 봐."

고개를 돌리자 나무로 된 팻말이 보였다.

이곳은 사유지이기 때문에 캣맘의 출입을 금지합니다. 고양이
밥을 여기다 두고 가시면 안 됩니다.

"아니, 미친 새끼들. 왜 남의 집 앞에 고양이 밥을 두고 지
랄이야, 지랄이."

노현아는 눈을 찡그리면서 좀 떨어진 곳에 있는 아파트를 바라보았다.

노형진의 아버지가 산 땅이 개발되면서 주변에 아파트가 생겼다. 그러나 노형진의 아버지는 아파트에 들어갈 생각이 없어서 여전히 이 주변은 정원처럼 숲과 나무 그리고 꽃이 무성했다.

여기까지는 아무 문제 없었다. 문제는 그 후에 발생했다.

"저 아파트에 도대체 고양이 밥 주는 사람이 몇 명이나 되는 거야?"

"글쎄. 가져다 두는 사료 양으로 봐서는 못해도 다섯 명은 될 것 같은데."

"다섯 명? 미치겠네."

소위 캣맘이라고 하는 존재, 길고양이에게 밥을 챙겨 주는 존재들이 생겨난 것이다.

물론 그 행위 자체는 나쁜 것이 아니다. 문제는, 이곳에서 그래서는 안 된다는 거다.

여기는 이 지역에서 일종의 공원 같은 역할을 한다.

사유지이기는 하지만 꽃과 나무를 좋아하는 어머니가 사람들이 함께 보고 즐길 수 있도록 개방해 놨으니까.

그래서 아이들도 많이 찾아온다.

그런데 캣맘들이 여기다 고양이 밥을 가져다 놓으면서 분위기가 흉흉해지기 시작했다.

모여든 고양이들이 아이들에게 이빨을 드러낸 것이 문제였다.

아무 생각 없는 아이들이 고양이가 예쁘다고 다가서니 할퀴거나 무는 사고가 계속 발생한 것이다.

더군다나 잡는 것도 힘든 게, 여기는 꽃과 나무 등이 숲처럼 우거져 있어서 숨을 곳이 많다.

결정적으로 가장 큰 문제는, 어머니에게 고양이 알레르기가 있다는 것.

고양이 알레르기 때문에 여기에 나무와 꽃을 관리하러 왔다가 몇 번이나 병원을 갔다 와야 했다.

당연하게도 처음에는 캣맘들에게 점잖게 하지 말라고 했다.

하지만 주변에 고양이들이 지낼 만한 곳이 없다면서 무조건 밥을 들이미는 캣맘들은 그 말을 들어 처먹을 생각이 없었다.

경고도 해 보고 어머니가 고양이 알레르기라고 말을 해 봐도, 그들은 그러면 여기에 오지 않으면 되는 거 아니냐면서 계속 고양이 밥을 가지고 왔다.

그들의 머릿속에는 이 땅의 주인이 어머니라는 생각 자체가 없는 것이다.

"도대체 왜 그러는 거야? 아니, 다른 곳에 자리를 확보하든가."

"다른 곳은 다 논과 밭이니까."

그래서 딱히 고양이가 머물 만한 곳이 없는 것도 사실이다.

아파트가 들어선 곳은 도로가 생기고 온통 아스팔트 천지라 고양이들이 생활하기 좋은 환경이 아니다.

"그러니까 들이미는 거지."

"미친 거 아냐, 진짜?"

아무리 생각해도 이건 잘못된 일이었다.

그런데 더 웃긴 건, 이 캣맘이라는 사람들이 이곳에 급식소를 설치하지 못하게 했다는 이유로 노형진의 아버지를 동물보호법 위반으로 고소했다는 것.

"적반하장이라더니, 진짜."

캣맘들이 아버지를 고소하고 경찰서에 가서 당장 잡아넣으라고 지랄했다는 소리를 들은 노형진은 뚜껑이 열리지 않을 수가 없었다.

"이쪽 동네 사람들이라면 우리 집을 건드리면 안 된다는 것쯤은 잘 알 텐데 말이지."

건드리지 않으면 천사, 건드리면 악마.

그게 이 주변 사람들의 노형진에 대한 평가다.

캣맘들은 그것도 모르고 다른 곳에서처럼 마치 승냥이 떼처럼 몰려다니면서 목소리만 높이면 된다고 생각한 거다.

가만히 아파트 쪽을 바라보던 노형진은 노현아에게 물었다.

"지난번 피해 기록이랑 다 남아 있지?"

"한둘이 아니지."

"그래. 우리 캣맘인지 캣파더인지……."

노형진은 이를 빠드득 갈았다.

"책임이 뭔지 확실하게 배우게 해 줘야겠어."

⚖

가장 먼저 할 일은 그들을 고소하는 것이었다.

말로 하지 말라고 하는 것? 그런 의미 없는 짓을 할 생각 따위 없었다.

노형진은 선빵을 맞고 가만히 있는 사람은 아니니까.

"고소요?"

"네."

노형진은 고개를 끄덕거렸다.

"아니, 길고양이 밥 문제로 무슨 고소까지나……."

노형진이 찾아오자 경찰들은 떨떠름한 표정이 되었다.

그럴 수밖에 없는 게 노형진이 여기에 찾아올 때면 대부분 누군가의 파멸로 끝나기 때문이다.

"그래서 처벌하시지 않을 겁니까?"

노형진은 화내지 않았다. 할 필요도 없다.

"해야지요, 하하하. 해야지요. 그래서 양이 얼마나 되는데요?"

"뭐, 하루 평균 2킬로그램에서 많으면 5킬로그램 정도 됩니다."

"많지는 않은 것 같은데."

확실히 많은 건 아니다.

"고양이 밥이라고 하면 피해도 별로 없으실 테고……."

"폐! 기! 물! 입니다. 그걸 버리기 위해서는 저희도 돈을 내고 쓰레기봉투를 사야 합니다. 그런데 피해가 없다고 생각하십니까?"

노형진의 말에 경찰은 입맛을 다셨다. 확실히 그건 금전적 피해가 맞으니까.

"그냥 두면 고양이들이 알아서 먹어서 다 사라지지 않나요?"

"안 먹습니다."

시간이 지나면 사료는 눅눅해지고 맛이 없어진다.

먹을 게 없다면 모를까, 매일같이 새로운 사료를 가져다주는 걸 알고 있는 고양이들인데 그렇게 쌓여 있는 사료에 입을 댈 리가 없다.

당연하게도 시간이 지나면 썩는 냄새가 나기 시작하고, 그러면 캣맘들은 그 자리를 피해서 다른 곳에 음식을 놓는다.

"온 정원이 썩어 가는 음식물 냄새로 코를 막아야 할 지경입니다."

"아…… 그런가요?"

"네. 거기다 쥐까지 들끓죠."

사람들이 생각하는 정원이란 뭔가?

꽃과 풀이 자라고, 나무가 아름답게 서 있고, 그 나무 사이에서 새들이 지저귀며 그 아래에서 햇살을 즐길 수 있는 장소다.

그런데 거기는 더 이상 그런 곳이 아니게 되어 버렸다.

"새는 사라진 지 오래죠."

고양이들은 포식자다. 최상위 포식자가 드문 우리나라에서 먹이사슬의 상위에 군림하는 동물이기에 재미 삼아서 다른 동물을 죽일 수도 있다.

"새들이 오면 고양이들이 다 죽여 버리니까요."

"하아, 그렇겠죠."

"거기다 그렇게 썩어 가는 사료 때문에 쥐들이 몰려듭니다."

쥐들은 고양이들을 피해서 사료로 달려든다. 실제로 야외 정원에서 쥐가 뛰어다니는 걸 본 사람이 한둘이 아니다.

"그러니까 고소하겠습니다."

"음…… 일단 고소를 받아들이기는 하겠는데요."

경찰은 눈을 찡그리며 말했다.

"노 변호사님, 이 사람들은 대응하기 쉽지 않을 텐데요. 사실 신고도 한두 번도 아니고."

"여기 말고 다른 곳에도 고양이 사료를 두나 보군요."

"네, 이 사람들, 음…… 잠깐 나가서 이야기하시죠."

말을 하던 경찰은 눈치를 보면서 노형진을 데리고 밖으로 나가더니 커피를 뽑아 주면서 말했다.

"캣맘 캣맘 하는데, 정확하게는 길고양이보호협의회라는 곳입니다."

"길고양이보호협의회요?"

"네. 그 아파트가 생기고 나서 몇몇이 주도하여 만든 모양이더라고요."

예상대로였다.

하긴, 아파트 단지가 워낙 크니까 거기 사는 미친놈들도 한둘이 아니기는 할 거다.

"그렇게 비슷한 생각을 가진 사람들이 모여 만든 단체인데, 한 서른 명 정도 됩니다."

"저희 쪽으로는 다섯 명 정도가 오던데요?"

"뭐, 회원별로 구역을 나눠서 그렇게 고양이 사료를 뿌리는 모양이더라고요."

"그래요?"

"네. 그런데 대부분 그거 때문에 싸우다가 치를 떨어요."

경찰은 고개를 절레절레 흔들며 진짜 말이 통하지 않는 인간들이라고 했다.

경고도 해 보고 벌금도 내게 해 보고 별짓을 다 했지만 들은 척도 안 한다고.

"솔직히 노 변호사님 아버님이 오래 참으신 것이기는 한데……."

"그렇기는 하죠."

"뭐, 신고하셔도 벌금 조금 내고 끝인지라 아마 바뀌지 않을 겁니다. 도대체 왜 그러는지 모르겠습니다만."

"간단합니다. 자기네들이 우월하다고 느끼고 싶어서 그래요."

"우월하다고요?"

"네. 자기들이 다른 사람들보다 훨씬 우월하고 도덕적으로 완성되어 있다고 느끼고 싶은데, 정말 그런 일을 하는 건 꽤 부담스러운 거죠."

다른 사람을 돕는다? 물론 그러면 좋다.

하지만 사람을 돕는 데에는 생각보다 많은 돈이 든다.

특히나 그렇게 돈을 보내 주는 것만으로는 자신의 우월함을 어필할 수가 없다.

주변에 자신은 이렇게 착하고 도덕적으로 우월하다고 자랑해야 하는데, 아프리카에서 못 먹고 치료를 못 해서 굶어 죽어 가는 사람들을 도와주는 걸로는 그렇게 하기 힘드니까.

"간단하게 말해서 이런 겁니다. 남들보다 우월하다는 감정적인 즐거움을 느끼고는 싶은데 정작 그로 인해 책임을 지거나 피해를 입고 싶지는 않거든요."

그러니 인간을 돕는 대신에 고양이를 돕는 방식으로 우월감을 느끼려고 한다는 거다.

"고작 고양이인데요?"

"그러니까 다른 거죠. 우리에게는 고작 고양이지만 그에 매달리는 사람에게는 그게 전부인 경우도 많습니다."

노형진의 말에 경찰은 이해를 못 하겠다는 듯 고개를 흔들었다.

"그러면 우리가 뭘 해도 들어 처먹지 않겠네요?"

"그럴 겁니다. 어차피 처벌이 강한 것도 아니고. 그들은 인간의 인권이나 법보다는 자신의 도덕적 우월성이 더 중요하다고 생각하거든요."

실제로 이런 건 처벌이 강하지 않다. 벌금 몇십만 원 정도.

그 정도 대가로 자신의 자존심을 세울 수 있다면 그로 인한 남의 피해는 신경 쓰지 않는다.

"더군다나 스스로 남보다 내가 더 우월하다, 그런 생각을 기본적으로 깔고 있는 상황이니까 남의 말보다는 자신의 신념이 더더욱 소중한 거죠."

가령 고양이가 어떤 지역의 멸종 위기종의 새를 사냥할 경우, 종의 다양성이나 법적인 보호의 영역을 감안하더라도 그 지역에서 고양이를 박멸하고 그 지역의 멸종 위기종을 보호하는 게 더 우선된다.

하지만 소위 말하는 캣맘이라는 존재들은 모든 생명이 중요하다는 걸 알지만 자신의 우월성을 증명해 주는 고양이가 더 중요하기에 보호 가치가 더 높다고 생각한다.

"이것도 일종의 언더 도그마 같은 겁니다."

"언더 도그마라."

어떤 걸 보호해야 한다는 생각에 매몰되어서 컨트롤되지 않는 상황은 생각보다 쉽게 벌어진다. 그걸 고쳐야 하는 건 인간이지만 의외로 그러기가 어렵다.

"영국에서 비슷한 일이 있었지요."

벌써 오래전에 노형진이 해결하기는 했지만 그 당시 난민을 보호한다는 목적에 매몰된 나머지 한 지역이 그들의 노예가 되다시피 한 일이 있었다.

그곳에서 난민들은 지역 소녀들을 납치해서 강간하고 살인하고 돈을 빼앗고 온갖 범죄를 저질렀지만, 그 지역의 경찰과 정치인들은 정치적 올바름에 매여서 손대지 못했다.

결국 그 사건은 노형진이 나서서 해결할 때까지 방치되었고, 영국의 브렉시트에도 큰 영향을 끼친 사건이 되었다.

"자기가 보호하는 대상은 선이어야 하니까요."

선한 대상을 보호해야만 자신도 선한 존재가 되기 때문이다.

"아니, 왜 그런답니까? 상식이라는 게 없대요?"

"상식을 지킬 만한 인간이라면 애초에 이런 문제를 일으키겠습니까? 원래 범죄자들은 이해하려고 하면 안 됩니다."

그들은 분석하고 확인하는 대상이지 이해하고 공감해야 하는 대상이 아니다.

이쪽에서 아무리 공감하고 이해해 줘도 그들은 바뀌지 않으며, 오히려 그걸 기회 삼아 뜯어먹으려고 한다.

"끄응……."

"물론 귀찮은 거 압니다. 하지만 여기서 물러나면 어떤 일이 벌어질 것 같습니까?"

"어떤 일이 벌어지는데요?"

"그들이 주인으로서 여러분 위에 군림하게 될 겁니다."

노형진의 말에 경찰의 표정이 딱딱하게 굳었다.

하지만 그건 실제로 있는 일이었다. 사실, 대부분의 경우 일이 그렇게 진행된다.

"사실 다른 지역에서도 이런 배려가 있었지요."

처음부터 캣맘의 이미지가 좋지 않았던 것도 아니고 또 길고양이에게 '털바퀴'라는 혐오적인 별명이 붙은 것도 아니었다.

처음에는 생명을 존중하는 의미에서 그들의 행동을 칭찬하는 사람들도 있었다.

"그리고 그걸 배려해서 각 지자체에서 길고양이 보급소를 만들어 주기도 했고요."

하지만 그다음부터가 문제였다.

거기에 음식만 가져다주면 되는 거였다. 하지만 캣맘들은 그걸 권력이라 생각했고, 그 과정에서 주위에 피해를 입히기 시작했다.

실제로 경찰서 안에 길고양이 보급소를 만든 적이 있었다.

그런데 경찰서라는 공간에 얼마나 많은 차량이 다니는지 알 사람은 안다. 당연하게도 길고양이 보급소는 문제가 생길 수밖에 없었다.

길고양이들은 서열에 예민해서, 그 서열이 높은 고양이가 보급소를 점거하다시피 하여 아예 개인 식당으로 써 버렸고 다른 고양이들은 거기서 밥을 먹을 수가 없었다.

그러자 캣맘들은 다른 고양이들에게도 밥을 준다면서 사방에 고양이 사료를 뿌리기 시작했고, 고양이들이 안전한 곳에서 먹는 걸 원한다면서 차량 아래에 사료를 가져다 놨다.

그러다가 차량에 깔려서 고양이가 죽었는데, 그걸 본 캣맘이라는 작자들은 주차장에 차량의 통행을 금지시키라고 들고일어났다.

애초에 그런 상황을 막기 위해 차량이 다니지 않는 곳에 길고양이 보급소를 만들었지만 그걸 지키지 않은 건 그들이었음에도 불구하고 말이다.

"심지어 어떤 지역에서는 공무원을 사칭하거나 남의 집에서 고양이를 훔쳐 가기까지 합니다."

실제로 어떤 캣맘은 남의 집의 임신한 고양이가 학대당한다고 멋대로 판단해 버리고는 자유를 준답시고 납치해서 길바닥에 버리기도 했다.

문제는 그게 정당한 자기들의 권리라고 생각한다는 거다. 남들이 칭찬했던 일을 하는 거니까.

"선을 넘는다 이거군요."

"네, 이번에도 그랬고요. 그리고 선을 넘었을 때는 몽둥이가 약이지요."

"하지만 이거, 제대로 처벌되지 않을 겁니다."

진짜 엄청나게 폐기물을 버린 것도 아니고, 고양의 사료 같은 건 처리 못 할 정도의 폐기물은 아니니까.

"압니다. 이건 단순히 선전포고일 뿐입니다. 그리고 함정일 뿐이지요 아, 혹시 그, 다른 피해자분들의 연락처 아십니까?"

"알죠."

"그분들한테 연락해서 같이 싸워 주실 수 있느냐고 물어봐 주세요."

노형진은 이번 기회에 그들에게 책임이 뭔지 확실하게 알려 줄 생각이었다.

⚖️

"뭐, 고소? 어이가 없네? 우리가 뭘 어쨌는데?"

그리고 고소장이 들어간 후에 예상대로 경찰서로 자칭 길고양이보호협의회, 소위 캣맘이라 불리는 사람들이 몰려들었다.

"아니, 이건 저희가 어쩔 수 있는 게 아니라니까요."

"이렇게는 못 참습니다, 여러분!"

"옳소!"

"우리도 그놈들을 동물 학대로 고발합시다!"

"맞습니다! 우리도 맞불을 놔야 합니다!"

화를 버럭 내는 사람들을 보며 경찰들은 머리가 아파 왔다.

'아니, 그러니까 이 미친놈들은 건드리지 말자니까.'

하지만 경찰 입장에서 들어온 고소장은 거부할 수 없다.

물론 다른 사람이라면 온갖 거짓말로 돌려보낼 수 있을지도 모른다.

하지만 상대방이 다름 아닌 변호사, 그것도 노형진이라면 그럴 수는 없다.

'제발…… 제발 빨리 와라.'

그나마 다행인 점은 노형진이 그들이 몰려오면 연락해 달라고 했다는 것이다.

와서 협상이라도 하겠다는 의미일 가능성이 높기에, 그들은 길고양이보호협의회 사람들이 들이닥치자마자 바로 노형진에게 전화를 했다.

"당장 고소 철회하세욧!"

안경을 쓴 중년의 여성이 표독스럽게 그들을 선동하고 있었다.

"그 집 사람들을 동물 학대로 고소할 거예요!"

"이건 동물 학대가 안 됩니다."

"생명을 존중할 줄 모르는 사람들이에요! 그런데 그게 왜 동물 학대가 아니라는 거예요?"

"아니, 거기는 사유지니까요."

"개방된 공간이잖아요!"

"그거야 그냥 사람들이 휴식을 취하라고 열어 둔 것뿐이지 않습니까?"

"그런데 왜 우리는 안 된다는 거예요?"

"사유지는 정해진 목적 이외에는 쓸 수 없습니다. 여러분이 하는 건 그분들 입장에서는 사유지에 쓰레기를 투기하는 거란 말입니다."

개방 여부는 개인의 선택에 따르는 것이지만 개방에 분명한 목적성이 있다면 그건 그 사람의 의견을 따라야 한다.

가령 어떤 곳에 공터가 있다고 해도 주인이 그곳을 주차장으로 쓰는 걸 묵인하거나 인정하지 않았다면 거기에 무단으로 차를 대는 것은 명백한 사유지 무단침입이 된다.

"그런 곳에 고양이 밥을 두면 폐기물 무단 투기 맞습니다."

"폐기물 무단 투기라니욧! 그건 아이들이 생명을 이어 갈 소중한 한 끼라고요!"

"아니, 그러니까 거기다가 두시면 안 된다니까요."

"그러면 어디다 두라는 거예요! 다른 곳은 위험해서 안 된 다고욧!"

소리를 바락바락 지르는 여자와 그런 그녀를 말리려고 하는 경찰들의 소란.

그때 그 사이에서 노형진이 스윽 모습을 드러냈다.

"오! 노 변호사님!"

"노 변호사?"

"당신이야? 당신이 그 후안무치한 인간이야?"

노형진이 오자마자 협의회 사람들은 숫자로 달려들어서 억압하려고 했다.

하지만 노형진은 신도 수만 수십만에 달하는 종교 단체와도 싸웠던 인간이다. 고작 수십 명 정도의 사람들에게 눌릴 리가 없었다.

"당장 고소 취하 못 해?"

"못합니다만?"

"뭐? 죽고 싶어?"

덩치 큰 남자가 으르렁거리면서 앞에 나섰다.

건장하다기보다는 뚱뚱한 것에 가까운 모습.

노형진은 그런 그를 보면서 피식 비웃음을 날렸다.

그리고 그를 팩트로 상당히 아프게 때렸다. 아니, 이 정도면 팩트 폭력으로 살인 시도를 한 수준이었다.

"변호사한테 죽고 싶냐고 협박을 하다니? 고양이 밥 주다

가 지능이 고양이 수준으로 떨어지신 겁니까? 지금 이 시간
에 여기 와서 난동 부리는 걸 보니까 제대로 직장도 못 구하
고 노는 분 같은데, 부모님을 생각해서 제대로 된 취업 자리
나 알아보시는 게 어떨까요? 경기가 아무리 안 좋아도 편의
점 알바 자리라도 구해야지요. 지금 걱정해야 하는 대상은
고양이가 아니라 부모님인 것 같은데요?"

그 말에 남자는 눈이 돌아갔다.

"으아아! 이 새끼 죽여 버릴 거야!"

실제로 그랬다.

그는 제대로 된 직장도 못 구하면서 노력도 하지 않고 있
었다.

결혼? 여자 친구를 사귄 적조차도 없다.

'그런 인간이 전형적인 인간이지.'

자신은 남들보다 훨씬 잘났다고 생각하기에 뭔가 특별한
걸로 자존감을 채우고 싶어 하는 인간.

그래서 자신의 도덕적 우월성을 채우고 싶은 인간.

의외로 이런 타입의 남자들이 캣맘 세계에 좀 있다. 캣맘
들의 조직에도 남자가 필요한 경우가 있기 때문이다.

무거운 사료를 나른다거나 고양이 집 같은 걸 만들 사람.

당연히 그곳에 가면 착하다 잘한다 칭찬해 주니 그걸 들으
면서 자존감을 채우는 거다.

그런데 누군가 이렇게 팩트로 두들겨 패면 그때는 그동안

뒤집어쓰고 있던 가면이 박살이 나게 되는 거다.

"이 개새끼, 죽여 버리겠어!"

남자가 달려들자 우르르 몰려드는 캣맘들.

노형진은 순식간에 머리채가 잡혀 캣맘들의 공격을 받기 시작했다.

"저, 저······."

경찰들은 다급하게 그들을 막으려고 했지만 고작 경찰 서너 명으로 스무 명이 넘는 사람들을 막는 건 쉬운 일이 아니었다.

"그만하세요! 그만하라고요!"

"진정들 하세요!"

"이 개 같은 새끼야!"

"저 새끼 죽여!"

"어디 생명의 소중함도 모르는 새끼가!"

한참을 그렇게 공격받는 와중에 갑자기 어디선가 목소리가 들렸다.

"그만들 하시지요, 뒈지기 싫으면."

그와 동시에 우르르 몰려드는 남자들.

그들을 본 캣맘들은 움찔했다. 방검복에 삼단봉까지 든 경호원들이 등장했으니까.

다름 아닌 새론의 경호 팀이었다.

"후우~."

그들이 나타나고 나서야 위협을 느낀 건지 뒤로 주춤주춤 물러나는 캣맘들.

그들 사이에서 나오는 노형진의 모습은 가관이었다.

"아, 돌겠네."

머리는 산발이 되어 버렸고 양복은 갈가리 찢겨 있었다.

"하? 참, 나."

노형진은 어이가 없다는 듯 한숨을 쉬더니 경찰들을 바라보았다.

"이 사람들, 집단 폭행으로 고소하겠습니다."

"네? 집단 폭행요?"

"보셨잖아요?"

"아니, 그게……."

확실히 집단으로 폭행하긴 했다.

그것도 무려 경찰 앞에서, 스무 명이 집단으로 사람을 두들겨 팼으니까.

"으음…… 좋게 화해하시는 게……."

경험 없는 경찰 중 한 명이 그래도 중재를 하려고 나서는 찰나 옆에 있던 선배가 그런 그를 툭 치면서 말렸다.

"하지 마."

"네?"

"하지 말라고. 그러다 너 죽어."

그 말을 한 번에 이해한 건 아니었지만 직감적으로 입을 다물어야 한다고 생각한 그 경찰은 말을 멈췄다.

그사이에 선배 경찰이 지원 요청을 했다.

"지금 경찰서 앞에서 스무 명에 의한 집단 폭행 사건이 발생했으니까 바로 추가 인원 보내 주세요."

─스무 명? 장난해? 뭐, 경찰서에 조폭이라도 쳐들어온 거야?

"음…… 그럴지도 모르겠네요."

물론 조폭은 아니지만 일단 스무 명이나 되는 사람들이 한 사람을 두들겨 팼으니까. 그게 조폭이 아니면 뭐겠는가?

'흐흐흐, 이렇지.'

이런 작자들은 주변의 배려를 어느 순간 자기들의 권리로 착각한다.

고양이 밥을 챙겨 주는 거야 배려해 줄 수 있다.

그러나 그로 인해 피해가 발생해서 민원이 생긴다면 문제를 해결하든가, 그게 안 된다면 당연히 밥 주는 행위를 멈춰야 한다.

그런데 이들은 그게 자신들의 권리라고 생각하기에 그걸 막는 대상에게 적극적으로 나서는 것이다.

'보통 선을 넘으면 처맞는다는 걸 모르는 사람들이 이런단 말이지.'

그리고 노형진은 선을 넘는 사람들을 두들겨 패는 데 전혀 죄책감을 느끼지 않는 사람이었다.

"어어……."

상황이 이상하게 돌아가자 일부 사람들이 도망이라도 가려는 건지 눈치를 슬슬 보기 시작했다.

하지만 이미 경찰과 경호원들로 주변이 포위된 상황에서 도주는 불가능했다.

'이제 슬슬 폭탄을 던져 볼까?'

노형진은 당황하는 그들을 보면서 목소리를 높였다.

"그나저나 이 옷 어쩔 겁니까?"

"뭔 옷요?"

"이 양복 말입니다. 완전 걸레짝이 되어 버렸잖아요."

당연하다. 스무 명이나 되는 사람들이 사방에서 잡아당기는데 걸레짝이 안 되는 게 이상한 거다.

그런 옷이라면 갑옷이라고 해도 될 거다.

"그게 꼴에 얼마나 한다고…….."

"꼴에? 꼴에? 이거 이태리 장인이 한 땀 한 땀 직접 만든 옷이란 말입니다. 한정판에 1억 8천만 원짜리 옷이라구요."

"1억 8천?"

그 말에 사람들의 얼굴이 딱딱하게 굳었다.

'뭐, 살짝 속인 거지만.'

이태리 장인이 한 땀 한 땀 만든 옷? 맞다.

1억 8천만 원짜리? 맞다.

한정판? 일단 한정판이기는 하다. 왜냐하면 직접 치수를 재서 만든 옷이니까.

그렇다면 지금 입는 옷이냐?

사실 그건 아니다. 이 옷을 만든 게 벌써 6년 전 일이다.

디자인도 그렇고 이미 오래된 옷이니까.

티가 많이 나지는 안 나지만 남자 정장 디자인은 계속 바뀐다.

그리고 아스가르드에서 온갖 재벌가를 만나기 위해선 좋든 싫든 그런 옷을 계속 사고 입어야 한다.

아스가르드를 운영하는 사람이 6년 전 맞춘 정장을 계속 입으면 글로벌한 부자들 입장에서는 하찮게 보이기 때문에 좋든 싫든 그들과 어울리기 위해서는 계속 옷을 맞춰야 한다.

실제로 6년이나 된 옷이지만 마지막으로 입은 게 4년 전인 만큼 이제 옷으로써의 효용성은 없다고 봐야 할 거다.

물론 일반 복장으로 입을 수 있을지는 모르지만 정작 노형진이 일반 업무를 할 때는 이런 고가의 옷을 입지 않는다.

일단 주변 인물들이 부담을 느끼기도 하거니와, 변호사가 좋은 옷을 입고 좋은 시계를 차고 다니면 알게 모르게 질투해서 불이익을 주는 판사도 있기 때문이다.

당연히 이제 쓸모가 없는 그런 옷이었다.

팔고 싶어도 맞춤이라 힘들고, 애초에 1억 8천만 원짜리 옷을 중고로 사는 사람은 세상에 없다.

그런 걸 살 정도의 재력이면 그냥 새 옷을 사고 만다. 그랬기에 옷장에서 자리만 차지해 왔다.

"무슨 말도 안 되는 소리야! 고작 양복 한 벌에 1억 8천만 원이라니 뭔 개소리……!"

가장 먼저 선빵을 친 남자는 흥분해서 소리를 질렀다.

하긴, 상식적으로 양복 한 벌에 1억 8천만 원이라고 하면 대부분은 아마 말도 안 된다고 할 테니까.

하지만 그런 그의 고함, 아니 간절한 기도는 순식간에 무너졌다.

"1억 8천만 원 맞을걸요. 저분, 유명한 분이라서요."

"유명한 분?"

"마이스터 글로벌 대리인입니다."

그 말에 거기에 있는 사람들의 눈빛이 흔들리기 시작했다.

'그래, 그렇지.'

법과 상식을 우습게 보는 게 그들이지만 자신들을 좆되게 만들 수 있는 존재의 등장은 부담이 될 수밖에 없을 테니까.

"이거 진짜 1억 8천만 원짜리 옷입니다. 이제 구하지도 못해요."

정확하게는 이런 디자인은 구려서 이제 안 만들지만.

"어어……."

그 말에, 가장 먼저 선빵 친 남자는 당황해서 허둥거리기 시작했다. 그리고 도움을 바라는 시선으로 주변을 둘러봤다.

그러나 주변 사람들은 시선을 좌우로 돌리며 피할 뿐이었다.

"저기…… 뭐라고 좀 해 주세요, 네?"

"아니, 우리가 먼저 치라고 한 것도 아니고…….'"

"그러니까 사람을 치면 안 되지."

갑자기 평화주의자가 돼서 먼저 때린 남자가 잘못했다고 말하는 사람들의 모습에 남자는 어이가 없다는 듯 그들을 노려보았다.

"한 스무 명 정도 되니까 1억 8천이면 한 사람당 한 900…… 아니다, 물가 상승률을 생각하면 한 1천만 원씩만 내시면 되겠네요."

"천만 원요?"

"아니, 그러면 1억 8천만 원짜리 옷을 작살내고 그냥 도망갈 수 있을 거라 생각했습니까?"

노형진의 말에 다들 침을 꿀꺽 삼켰다.

"어, 그러니까……."

"시끄럽고요. 일단 이거 민사소송 하겠습니다."

그 순간 길고양이보호협의회 멤버 전원의 얼굴이 사색이 되어 버렸다.

⚖️

"1억 8천을 그냥 엿 먹이겠다고 태운 거야?"

"어차피 이제 안 입어. 이런 구닥다리 디자인을 입고 어떻게 글로벌 영업을 해?"

노현아는 노형진의 말에 혀를 내둘렀다.

아무리 집안에 돈이 많아도 이건 생각도 못 할 일이었으니까.

"내가 돈을 아낀다고 해서 필요성에 대해서도 모르는 사람은 아니라고."

만일 자신이 이런 오래된 디자인의 옷을 입고 다니면 상대하는 사람들이 만만하게 보고 마이스터의 대리인으로 제대로 대우해 주지도 않을 거다.

"가격과 상관없이 결국 모든 물건에는 기대 수명이라는 게 있으니까."

막 입는 옷이야 길지 몰라도 이런 양복은 기대 수명이 짧을 수밖에 없다.

"뭐, 재판에 들어가면 그런 건 중요한 게 아니지만."

"그러면 저치들은 속 좀 끓겠네."

"뭐, 이제 시작인데 약한 소리 하면 안 되지. 자기 마음에 들지 않는다고 사람을 공격하는 인간들이라면 용서해 줄 가치도 없고."

"그렇게 나쁜 사람인가? 동물을 좋아하는 사람 중에 나쁜 사람은 없다고 하던데."

노현아가 일이 너무 커지는 게 아닌가 걱정하면서 하는 말에 노형진은 피식 웃었다.

이것이 법이다

"누나, 세계 최초의 동물복지법을 만든 사람이 누군지 알아?"

"누군데?"

"히틀러."

"뭐라고? 내가 아는 그 히틀러?"

"그래. 히틀러가 얼마나 동물 애호가였는데."

히틀러는 전쟁을 일으키고 유태인과 집시를 가스실에서 수십만 단위로 죽여 댄 인간이지만 아이러니하게도 다양한 분야에서 보았을 때는 좋은 사람이었다.

"노동자를 보호하는 법을 제대로 시행한 것도 히틀러고, 동물보호법을 최초로 만든 것도 히틀러고, 심지어 금연을 체계적으로 하도록 법을 제정한 것도 히틀러야. 동물을 좋아하면 좋은 사람? 그런 개소리가 어디 있어?"

그런 자들에게는 동물이 인간보다 우선순위에 있을 뿐이다.

"그나저나 그분들이랑 연락은 된 거야?"

"아, 차량이 고장 난 분?"

"어. 지난번에 난리가 나서 소송 중이라면서?"

"그렇잖아도 재판 날짜가 잡혔다고 하더라."

"그렇단 말이지."

노형진은 그 말에 씩 하고 웃었다.

"가서 재판정을 뒤집어야겠네. 후후후."

야외 정원 주변에는 주차장이 있다.

애초에 어머니가 사람들에게 공개한 공간이다 보니 접근이 편하도록 주차장을 만들어 뒀다.

물론 그곳도 캣맘들에 의해 사료 급식소로 바뀐 지 오래되었지만 말이다.

어느 날 그곳에서 비극적인 사고가 발생했다. 한겨울 길고양이가 추위를 피해서 차량의 따듯한 엔진룸으로 들어갔다가 죽은 것.

비극적인 사고였지만 그 일로 눈이 돌아간 캣맘은 자동차 운전자에게 손해배상을 하라고 고소했다.

"어…… 괜찮으세요?"

사건이 사건이고 금액 자체가 그다지 크지 않기 때문에 운전자도, 고소인도 변호사도 없이 소액 재판 중이었는데, 노형진이 그걸 무료로 변론해 주겠다고 나섰다.

"네? 뭐가 말입니까?"

"아니, 유명하신 분이라고 들었는데……."

"하하하, 유명하다고 해서 자기 일을 못 하는 건 아니죠. 이건 의뢰라기보다는 제 일이라서."

"그렇기는 한데……."

사건이 워낙 단순하기에 딱히 증거를 확보할 것도 없었다.

"걱정하지 마세요. 그렇게 어려운 사건도 아니니까."

미리 사건을 준비한 것도 아니고 도착해서 한번 사건 기록을 스윽 살핀 게 끝인지라 운전자는 떨떠름한 표정이 되었다.

"들어가시죠."

재판이 시작되고 바로 재판정에 들어가자 상대방의 표정이 굳었다.

"여기서 또 뵙네요."

지난번에 경찰서에서 노형진을 본 그 안경을 쓴 여자였다.

그렇잖아도 그 사건으로 인해 지금 내부에서 말이 많다.

한 집당 천만 원의 손해배상은 예상보다 훨씬 부담되는 일이니까.

그런 상황에서 여기까지 노형진이 등장할 거라고는 생각하지 못했을 것이다.

"흠, 변론을 시작하겠습니다."

재판장은 피곤한 얼굴로 말했다. 어차피 소액 사건이라 금방 끝날 일이니까.

"재판장님, 저 남자가 제 고양이를 죽였습니다. 제 고양이인 나비가 저 남자가 관리하지 않은 자동차 엔진에 빨려 들어가서 믹서기로 갈려 죽듯이 잔인하게 죽었다고요!"

고소인인 정말자는 눈을 부라리며 말했다.

물론 변호사가 없기 때문에 그녀의 말은 원색적이고 비난

조였다. 하지만 그 말에 차량의 주인은 눈을 찡그릴 수밖에 없었다.

"하지만 거기에 고양이가 있었다는 걸 몰랐습니다. 그리고 저도 그로 인해 차량 엔진을 통째로 갈아야 했습니다."

엔진 내부에 고양이의 피와 살 그리고 털이 들어갔으니 나중에 어떤 트러블을 일으킬지 알 수가 없기에 안전을 위해서라도 결국 엔진을 갈아야 했다.

"그건 당신이 자초한 일이잖아!"

소리를 버럭 지르는 정말자.

그 말에 욱해서 한마디 하려고 하는 차량의 주인을 노형진은 손을 들어서 말렸다.

그리고 몸을 일으켜서 재판장을 바라보았다.

"재판장님, 제가 한 말씀 드려도 되겠습니까?"

"피고 측 변호인, 말씀하세요."

"고양이에 대해 잘 아십니까?"

"잘 모릅니다만."

그걸 왜 묻느냐는 듯 바라보는 재판장에게 노형진은 담담하게 말했다.

"재판장님, 이런 말이 있습니다, 산책냥이를 키우려면 삼대가 공덕을 쌓아야 한다는."

"그게 무슨 말입니까?"

"고양이는 영역 동물이라는 겁니다."

재판장은 이해하지 못한 듯 고개를 갸웃했다.

하긴, 고양이 한 마리 때문에 재판을 하는 게 처음이니 당연히 이런 소리도 처음 들어 봤을 거다.

평소에도 고양이를 좋아하면 모를까, 그렇지 않다면 잘 모를 수밖에 없다.

'특히 이런 단독심 정도 되면 집에 가면 자기 바쁘니.'

자기가 고양이를 키우기도 힘들고 가족이 키운다고 해도 관리는 직접 하지 않을 테니까 당연히 고양이에 대해 모를 수밖에 없다.

"재판장님, 고양이는 자기 영역 밖으로 나가는 걸 극도로 싫어합니다. 개와는 다르죠."

"개와는 다르다?"

"그렇습니다. 개는 자신의 영역이 아닌 다른 곳으로 나가서 새로운 길을 찾거나 냄새를 맡거나 하는 걸 좋아합니다. 이는 개의 스트레스 해소 방식입니다. 실제로 제대로 산책시키지 않은 개는 상당한 스트레스를 받습니다."

"그런데요?"

"하지만 고양이는 다릅니다. 고양이는 반대로 자신의 영역 밖으로 나가는 걸 극도로 싫어해서 극단적으로 스트레스를 받는 동물입니다."

그래서 고양이는 개와 다르게 좁은 집 안에서도 어렵지 않게 키울 수 있다. 자기의 영역 안에만 있다면 느긋하게 여유를 부리니까.

"그게 이번 사건과 무슨 관계가 있습니까?"

"고소인 측은 해당 고양이가 자신의 고양이라면서 소유권을 주장하고 있습니다. 그러니 손해배상을 해 달라고 요구하고 있지요. 그런데 왜 영역 동물인 고양이가 주차장에 있었는지에 대해서는 말을 하지 않고 있습니다."

"흠…… 고양이가 그렇게 밖으로 나가는 걸 싫어합니까?"

"강제로 나가려고 하면 주인을 할퀴거나 깨물어 버릴 정도입니다."

그 말에 판사는 살짝 생각에 잠겼다.

그런 그에게 노형진은 슬슬 추가적인 떡밥을 던졌다.

"고양이들은 상자를 좋아한다는 말, 들어 보셨지요?"

"아, 그건 상식이죠."

"왜 그런지 아십니까?"

"그거야……."

확실히 그건 모르는 일이다.

고양이는 상자를 좋아한다. 그건 상식이지만, 왜 그런 행동을 하는지는 대부분 모른다.

"아까 말씀드렸다시피 고양이는 자신의 영역 내에서만 움직이는 짐승입니다. 그러한 행동은 자신의 안전을 확보하는 것에 중점을 둘 때 나옵니다."

"상자가 안전한 장소라고 말하고 싶은 겁니까?"

"맞습니다. 상자는 자신만 딱 들어갈 수 있고 그 안에서는 주변에서 일어날지도 모르는 다른 누군가의 공격을 피할 수 있기 때문입니다."

그래서 고양이들이 심리적 안정감을 느낄 수 있는 상자에 들어가는 것을 좋아하는 거다.

자신의 영역 안에서만 지내는 전형적인 아싸 타입의 라이프 스타일.

"그게 고양이의 방식입니다. 그런데 왜 그런 고양이가 전혀 안전하지도 않은 주차장 한복판에 버려져 있었는지 궁금하네요."

주차장은 사방이 탁 트인 공간이다. 고양이라는 짐승이 절대로 좋아하지 않는 공간.

왜냐하면, 어디서든 공격받을 수 있는 그런 위치니까.

"흠……."

그 말에 판사는 자신도 모르게 고개를 끄덕거렸다.

물론 고양이가 진짜로 그런 성향인지는 모르지만 최소한 변론한다고 하면서 거짓말을 하지는 않을 거다.

특히 이런 상식적인 선에서의 문제는 더더욱 그럴 거다.

인터넷에서 찾아보면 금방 자료가 나오는데 그걸 가지고 거짓말해 봐야 도리어 욕만 먹으니까.

"고소인 측, 왜 고양이가 거기에 있었습니까?"

그 말에 정말자는 당황해서 어버버거렸다.

하긴, 돈을 뜯어낼 생각에 소송을 하기는 했지만 그런 건 잘 모를 테니까.

'의외로 캣맘들은 이런 걸 잘 모르지.'

고양이는 위계가 강하고 자기 구역에 관한 집착이 강한 짐승이다.

만일 어딘가에 급식소가 생긴다면 그곳은 모든 고양이들이 음식을 나눠 먹는 아름다운 공간이 아니라 힘이 강한 고양이가 독점하는 공간이 된다.

'그래서 그걸 몰랐을 때는 고양이가 배은망덕한 짐승이라는 오해도 받았고 말이지.'

고양이는 묶어 두고 키우지 않으면 어디론가 도망가 버리는 일이 자주 있다 보니 주인도 못 알아보고 도망가는 짐승이라는 이미지가 강했다.

'하지만 현실은 좀 다르지.'

고양이를 야외에 풀어 두고 키우면 밥 역시 밖에 두는데, 그런 경우 그 밥으로 인해 그 지역이 자신의 세력권인 다른 고양이에게 내몰리게 된다.

실제로 아파트 내부 같은 공간에서 키우는 고양이는 의외로 잘 살아가지만, 외부에서 살아가는 고양이는 내몰려서 자리를 빼앗기는 경우가 많다.

'대가리에 꽃만 가득하니 현실을 못 보지.'

상대방을 이해하고 필요한 선행을 하는 게 아니라 자신이 도덕적으로 우월하다는 느낌을 받고 싶어서 선행을 하는 경우, 이런 게 문제가 된다.

그런데 의외로 이런 경우가 많다.

보육원에 학용품을 대량으로 기증하는 게 대표적인 예다.

애초에 학용품이라고 해 봐야 연필이나 노트 같은 건데, 요즘 같은 시대에 초등학교 고학년만 되어도 샤프나 볼펜을 쓰는 데다 노트는 의외로 취향을 많이 타는 물건이다.

애들에게 노트를 준답시고 공주 그림이 그려진 여아용 노트를 사서 보내기도 하는데, 취향에 맞지 않아 남자애들은 쓰지 않는다. 로봇이 그려진 노트의 경우에는 여자애들이 싫어한다.

하지만 기증하는 사람들은 그런 걸 생각하지 않고 그저 많이 사서 보내려고 한다.

그러다 보니 일반적으로 인기가 없어서 재고가 많은 물건이 대량으로 넘어가는 경향이 있다. 자기들이 포장하는 게 아니라 기증용이라고 박스째 구입하니까.

'그리고 재고가 많이 남는다는 건 결국 인기가 없는 물건이라는 거니까.'

당연히 업체 입장에서는 재고떨이 할 절호의 기회라고 생각한다.

인간도 그럴진대 고양이 마음을 제대로 알 리가 없는 캣맘들이 이 상황이 이해될 리가 없다. 그리고 그런 경우 대답은 뻔했다.

"우리 미미는 그 귀하다는 산책냥이었다고요!"

'내가 아까 이미 말했으니까.'

노형진이 괜히 쓸데없이 산책냥이를 키우려면 삼대가 공덕을 쌓아야 한다는 말을 한 게 아니다. 산책냥이라는 존재를 인식시키기 위해 그런 거였다.

"미미요? 아까 전에는 나비라고 하지 않았나요?"

"아…… 실수예요, 실수. 고양이가 한둘이 아니라서."

"아, 그래요?"

노형진은 그 말에 고개를 끄덕거렸다.

그럴 수도 있다. 하지만…….

"그러면 그 고양이를 키우고 있었다는 증거를 요구하는 바입니다."

"증거를 요구한다고요?"

"네."

"아니, 애완동물을 키운다는 증거가 어디 있어요?"

"없는 게 이상한 거 아닌가요?"

애완동물, 아니 요즘은 반려동물이라고 부르는 존재는 사람에게 많은 정서적 안정감을 준다고 한다.

그래서 동물을 키우는 사람들은 자연스럽게 핸드폰의 사진첩을 그 동물로 가득 채우게 된다.

"평소에 집에서 찍은 사진이라든가, 안고 찍은 사진이라든가, 그도 아니면 병원에서 진료한 내역 같은 거 있지 않습니까?"

"우리 나비는 건강한 고양이였다고요."

"그래도 최소한 백신은 접종했을 텐데요. 아니면 법에서 정한 마이크로 칩이라도 있을 거 아닙니까?"

"……."

'그렇지. 있을 리가 없지.'

저들은 도덕적 우월감을 위해 고양이 밥을 챙겨 주는 것일 뿐 실제로 고양이가 다가오는 건 질색한다. 그랬다면 벌써 고양이를 데려가서 키웠을 거다.

'우월감은 채우고 싶지만 책임은 지기 싫거든.'

사료야 한 달에 2만 원 정도면 충분히 주고도 남지만, 반려동물을 키우기 시작하면 돈이 진짜 어마어마하게 들어간다.

동물을 대상으로 한 의료보험은 없기 때문이다.

길에서 동물을 데리고 오려면 일단 병원에 데려가서 건강검진을 받아야 하고, 진드기 같은 걸 막기 위해 소독도 해 줘야 하고, 아프면 치료도 해 줘야 한다.

'어머니가 그래서 얼마나 고생이 많았는데.'

어머니가 버려지다시피 한 애견 공장의 강아지들을 데려다 키웠는데, 처음에는 한 달에 병원비만 몇백만 원씩 나왔다.

애견 공장에서는 예방접종도, 건강검진도 해 주지 않았고

진드기 같은 것도 잡아 주지 않았으니까.

'집에 들이지도 않는데 안고 찍은 사진 같은 게 있을 리가
없지.'

실제로 일부 캣맘들은 임신한 고양이가 다가와서 도움을
요청하면 새끼 고양이만 냉큼 팔아먹고 어미 고양이는 내다
버리는 짓을 주저하지 않고 하기도 한다.

그래 놓고 자기 딴에는 버려진 고양이에게 좋은 입양처를
알아줬다면서 뿌듯해한다.

"고소인 측, 그런 관련 증거 있습니까?"

"어, 그러니까요……."

당연히 없다.

정말자가 아무런 말도 못 하자 판사는 눈을 찡그렸다.

'그래, 판사도 바보가 아니니까.'

길고양이가 죽자 그걸 이용해서 돈을 뜯어내려고 고소했
다는 걸 알아차린 것이다.

당연하게도 판사는 이런 말도 안 되는 사건이 귀찮았다.

"고소인 측, 증거 없으면 다음 기일에 결심하겠습니다."

사건을 종결시킨다.

즉, 그냥 배상이 없는 것으로 결정한 것이다.

물론 노형진은 그렇게 끝낼 사람이 아니다.

"재판장님, 상황이 바뀌었으므로 저희가 소장을 일부 변
경하겠습니다."

"변경?"

"기존에 변호인이 없었기 때문에 변호인 비용에 대한 답변이 부족했습니다만 제가 선임되었으니까요."

"아, 무슨 말인지 알겠습니다."

노형진은 변호사고 당연히 그 비용이 나가야 한다.

물론 고소당한 운전자가 낼 필요는 없다.

'하지만 이런 소송을 할 때 누군가는 변호사 비용을 책임져야 하거든.'

양쪽 다 잘못이 있는 경우는 일반적으로 각자 부담하지만, 한쪽에게만 잘못이 있는 경우에는 그쪽이 전부 부담한다.

'그런데 한쪽에서 일방적으로 죄를 뒤집어씌우려고 한다면?'

그러면 고소한 사람에게 책임을 묻는다.

즉, 이런 경우는 정말자가 노형진의 변호사 비용을 책임져야 한다는 거다.

"이이익!"

그 사실을 아는 건지, 아니면 단순히 져서 화가 난 건지는 모르겠지만 정말자는 이를 박박 갈았다.

하지만 노형진은 그런 그녀가 조금도 무섭지 않았다.

"감사합니다. 감사합니다."

"별말씀을요."

사건이 끝나자마자 정말자는 튀어 나가 버렸고 노형진은

차주와 뒤에 남았다.

"저를 이렇게 도와주셔서…….."

"아니, 공짜는 아닌데요 뭘. 저도 부탁드릴 게 있어서요."

"부탁요?"

"이 사건 자료 말입니다, 혹시 제가 써도 됩니까?"

"이 사건 자료요? 딱히 별거 없는데요."

"타산지석이라는 말이 있지요."

남에게는 별거 아닐지도 모르지만 우리 집에서는 주춧돌로 쓸 수도 있는 거다.

아무리 노형진이 변호사라고 해도 남의 사건의 자료를 마음대로 쓸 수는 없다. 그래서 그걸 받기 위해 노형진이 이 문제를 해결하겠다고 나선 것이다.

"저야 얼마든지 상관없습니다. 그런데 이걸로 뭘 어쩌시려고요?"

"어쩌긴요. 저들의 머릿속에 책임이라는 걸 새겨 줄 겁니다, 후후후."

지금부터 서로 죽여라

　길고양이보호협의회는 개판이었다.

　사실 말이 협의회니 뭐니 하지만 사무실도 없는 그런 집단이다. 도덕적 우월성 하나만으로 뭉쳐 있던 집단에 1인당 천만 원짜리 배상이 결정되었으니 내부에서 폭탄이 터지지 않으면 그게 이상한 거였다.

　"아니, 우리가 왜 그 돈을 내야 하는데!"

　"아줌마들도 거기에서 그 사람 때렸잖아요!"

　"우리가 때리라고 했어? 우리가 때리라고 했느냐고!"

　"우리를 엮으면 안 되죠. 먼저 때린 건 당신이잖아!"

　"나는 얼굴을 때렸지 옷을 찢은 건 아니에요. 옷은 당신들이 찢은 거지."

"당신? 지금 우리한테 당신이라고 그랬어?"

길바닥에서 길고양이보호협의회 멤버들의 싸움이 계속되고 있었다. 서로 우쭈쭈 할 때만 해도 이런 일이 벌어질 줄 몰랐지만 무려 1천만 원이라는 돈을 배상해야 한다고 하자 눈이 안 돌아갈 수가 없었다.

"아, 몰라! 나는 배상 못 해!"

"아니, 당신도 배상을 해야지. 당신이 그 팔 잡아당겨서 다 뜯어지는 거 내가 봤는데!"

"우…… 웃기는 소리! 당신이야말로 그 주머니 찢어 버리는 거 내가 봤거든!"

"뭐? 내가 언제? 증거 있어?"

서로 엄청 싸우는 꼴을 보면서 한쪽에서 느긋하게 커피를 마시던 손채림은 미소를 지었다.

'역시 싸움 구경이 재미있다니까.'

손채림은 노형진에게서 그들이 모일 테니 소일거리 삼아 추적해 보라는 말을 들었다. 심심하지는 않을 거라면서.

노형진의 말대로 그들은 모여서 어떻게 해서든 서로에게 책임을 떠넘기려고 발악하고 있었다.

그렇게 악다구니를 쓰다 보니 당연히 싸움도 점점 커질 수밖에 없었다.

'그렇잖아도 집에만 있기 심심했는데 말이지.'

코델09바이러스로 인해 아스가르드가 운행을 멈춘 후로

그녀는 온라인을 통해 인맥을 관리했다.

당연하게도 과거처럼 돌아다니는 그런 건 아니었기에 지루해했는데, 그 모습을 본 노형진이 재미있는 구경거리를 소개해 준 것이었다.

'거기다가 추가적으로 양념도 좀 끼얹어 주라고 했지?'

손채림은 키득거리면서 전화기를 들었다. 그리고 어디론가 전화했다.

"여보세요, 경찰이죠? 여기 방역 위반하는 사람들이 있는데요. 한 스무 명 정도 되는 사람들이 모여서 싸우네요. 네, 마스크도 안 했고요. 네, 여기 영원 공원요."

그녀는 신고를 마친 후에 그들을 바라보았다.

"아악! 놔! 안 놔?"

"이거 놔!"

제 버릇 개 못 준다고 했던가?

노형진의 옷을 찢어서 곤혹스러운 상황에 처했으면서도 그들은 어느 틈엔가 서로 머리채를 붙잡고 싸우기 시작했다.

손채림은 그걸 느긋하게 바라보면서 웃었다.

"역시 싸움 구경이 제맛이지, 호호호."

"하? 그래서 벌금 맞았대?"

"그렇다더라고. 1인당 50만 원인가? 그랬다던데?"

"미쳤네, 그 사람들. 코넬09바이러스 시기인 거 몰라?"

"흥분하면 사람이 생각이라는 걸 하기 힘들어지지."

더군다나 책임을 묻기 시작하면 더더욱 그렇다.

"진짜 더러워서 이제 우리 안 괴롭히겠네."

노현아는 기가 차다는 듯 고개를 절레절레 흔들었다.

"그럴지도 모르지. 하지만 그러지 않을 수도 있어."

"뭔 소리야?"

"그쪽은 우리보다 자신들이 우월하다고 생각하니까."

더럽고 치사해서 접근도 하지 않겠다는 사람들이 더 많겠지만 그 우월성 때문에 분노로 펄펄 뛰는 사람도 있을 거다.

"그래서 때때로는 극단적인 성향을 보이는 사람도 있거든."

"극단적인 성향?"

"방화."

"뭐?"

그 말에 노현아는 움찔했다.

"설마!"

"설마가 아니야. 진짜로 그래."

실제로 자신이 두고 간 고양이 밥을 치워 버렸다는 이유로 남의 집에 방화를 저지른 미친놈도 존재한다.

"원래 자존감이 낮은 놈들은 남이 자기를 무시한다고 생각하면 극단적으로 반응해. 특히 자기가 남들보다 우월하다고 생각하는 경우는 더더욱."

물론 자기 딴에는 화나서 그랬다지만, 그렇다고 해서 용서받을 수 있는 죄는 아니다.

방화는 사람의 목숨을 좌지우지할 수 있는 위험한 행동이니까.

'그걸 가만둘 수는 없지.'

그들은 지금 이쪽을 미워하고 있다. 스무 명 중 한 명이라도 미친놈이 있다면 아버지와 어머니가 위험해질 수도 있는 일.

"그러니까 서로 죽이게 만들어야지."

"무슨 소리야?"

"미움의 대상을 우리가 아니라 상대방으로 바꿀 거야."

노형진은 씩 웃으며 말했다.

"쉽게 말해서 '지금부터 서로 죽여라' 작전이라는 거지, 후후후."

노형진은 처음부터 이 사건을 어렵지 않게 갈 생각이었다.

어차피 친목 모임 정도밖에 안 되는 집단이다. 다만 그들이 먼저 이를 드러냈기에 싸울 뿐.

"뭐라고요? 동물보호법 위반이라고요?"

조규태는 당장이라도 울음을 터뜨릴 것 같은 얼굴이 되었다. 그리고 그 옆에 있던 그의 아버지는 그런 그를 죽여 버릴 듯 노려보았다.

"자식새끼라고 하나 있는 게 취업은 못하고, 아니 취업하려고 노력도 안 하고 고작 한다는 게 고양이 밥이나 처먹이는 짓이더니 이제는 동물보호법 위반?"

"……"

"에라, 이 새끼야. 나가 뒈져! 쌀이 아깝다. 1억 8천만 원짜리 옷을 찢어 먹고 방역 위반으로 벌금까지 내더니, 뭐? 이제 동물보호법까지 위반해?"

그의 아버지는 조규태를 마치 병신 바라보듯이 했다.

자기 아들이니까 이해하려고 노력했다. 그래서 고양이 밥이나 주러 다닌다는 말에도 좋은 일 한다고 최대한 좋게 이해하려고 했고, 취업하려고 노력도 안 하는 모습에도 코넬09 바이러스 시기에 취업이 쉽겠느냐며 다독여 줬다.

그랬는데.

"이런 병신 새끼를 내가 자식이라고."

기분 나쁘다고 사람을 때리고, 그 와중에 무려 1억 8천만 원짜리 옷을 찢어 버렸단다.

그걸 갚으려면 전셋집을 빼는 방법밖에 없기에 속이 시커멓게 타들어 가는데 방역법 위반으로 벌금 50만 원이 날아왔다.

코넬09바이러스 때문에 취업을 못 한다는 새끼가 나가서 싸움이나 하고 다녔다는 사실에 가뜩이나 속이 쓰렸던 아버지는 드디어 폭발하고 말았다.

"아니, 저기, 제가 동물보호법은 위반하지 않았어요. 진짜예요."

물론 조규태는 진짜 억울했다.

유일하게 스스로 자긍심을 가지고 한 일이 길고양이를 보호하는 것인데, 왜 자신이 동물을 학대한단 말인가?

"아, 그게 말이죠. 판례가 바뀌었어요."

"판례가 바뀌었다고요?"

"네, 전에는 동물보호법상 학대가 처벌 대상이었는데 이제는 방치도 처벌 대상이에요."

노형진이 노린 게 바로 이거였다. 얼마 전에 바뀐 판례.

그리고 이건 생각보다 큰 문제였다.

"바, 방치라니요?"

"거기 고양이들 밥 주셨죠?"

"네? 아, 네…… 그랬죠."

"그리고 이름도 지어 주시고."

"그랬죠?"

"그러면, 판례에 따르면 그 고양이의 주인으로 볼 수 있습니다."

"뭐라고요?"

그 말에 조규태는 기겁했다. 그러면 주인이라니?

"물론 확실하게 정해진 건 아니지만, 일단 판례가 그렇다네요."

모든 경우에 정확하게 적용할 수는 없는 노릇이기는 하다.

하지만 법원에서는 고양이를 고정된 위치에 두고 이름을 지어 주고 먹을 것을 챙겨 줬다면 사실상 그 사람이 주인이며, 그 고양이로 인해 피해가 발생한 경우 배상 책임이 있다는 판결을 내려 줬다.

노형진은 그걸 위해 그들이 그곳에서 먹을 걸 주고 관리했다는 증거를 가지고 왔고, 그걸 기반으로 동물 학대로 그들을 고소한 것이다.

"제 고양이가 아니에요!"

"그러면 누구의 고양이인데요?"

"그건 모르겠지만……. 일단 저만 준 게 아니라고요!"

"그래 봤자 이미 먹이를 주고 관리하셨다는 증거가 너무 확실해서요. 그걸 방해했다고 사람까지 팼으면서 이제 와서 뭘 또 아니라고 합니까?"

말도 안 된다는 듯 가소로운 눈빛으로 경찰이 하는 말에 조규태는 정말 울고 싶었다.

이 상황에 동물보호법 위반까지 걸리면 진짜 아버지가 호적에서 자신을 파 버릴지도 모른다.

"저는 진짜 아니에요. 진짜예요. 그 고양이들…… 주인은 따로 있어요!"

이것이 법이다

"주인이 누군데요?"

"그건……."

"이 개 같은 새끼가!"

"은혜도 모르는 백수 새끼!"

노형진이 말한 '지금부터 서로 죽여라' 계획은 간단했다.

혐의를 벗기 위해서는 서로 그 고양이 주인이 아니라고 주장해야 한다.

그렇다면 그때 가장 편한 방법은 뭘까?

당연하게도 다른 사람이 주인이라고 우기는 거다.

"너 때문이야!"

"아악! 놔! 안 놔?"

경찰서는 캣맘이라고 불렸던 길고양이보호협의회 측 인간들의 대난투로 개판이 되었다.

"개판이네, 진짜."

"아니, 이건 고양이판이라고 해야 하는 거 아냐?"

"고양이는 이렇게 안 싸우거든."

서로 머리채 붙잡고 싸우는 그들을 보며 노형진은 혀를 끌끌 찼다.

"그건 고양이에 대한 모욕이지."

"그렇기는 한데……."

원한에 사무쳐서 서로를 욕하고 주인은 저쪽이라고 물어 뜯고 자기는 책임이 없다고 목소리를 높이고 있었다.

정작 이번 사태의 원인인 노형진이 바로 옆에 있었지만 그에게 신경 쓰는 사람은 단 한 명도 없었다.

"이제 서로 싸우느라고 우리에게는 신경도 안 쓸 거야."

"고양이 사료는 안 던지려나?"

"못 던지지. 말했잖아, 저치들이 가장 싫어하는 게 바로 책임이라고."

그리고 지금 저들은 그 책임을 지지 않기 위해 저렇게 악다구니를 하고 있는 상황이었다.

그런 상황에서 누군가가 고양이에게 사료를 준다?

그건 자기가 고양이 주인이라고 인정하는 꼴이고, 결과적으로 그로 인한 배상을 해야 한다는 걸 의미한다.

"책임지기 싫어서라도 몽땅 도망칠걸."

"거참, 잔인하네."

"어쩔 수 없어. 모든 사람들이 다 행복하게 살 수는 없는데 동물이라고 어쩌겠어?"

"그건 그런데……."

"애초에 공존하기 위해서는 감성보다는 대책을 찾아야지."

하지만 저들은 감성만 가지고 움직였고, 결국 그러한 선택은 생태계 교란뿐만 아니라 온갖 복잡한 문제를 일으켰다.

"어찌 되었건 문제는 해결된 것 같네. 간만에 편하게 사건을 해결했네."

"하긴, 넌 어려운 사건 전문이더니?"

"그래, 내 팔자가 그런가 봐."

"그것도 네 자업자득인 것 같은데?"

노현아의 말에 노형진은 눈을 찡그리며 말했다.

"그런 것 같아."

눈앞에 있는 커다란 문제를 생각하니 노형진은 한숨을 내쉴 수밖에 없었다.

폭탄이 날아왔다

세상을 살다 보면 각자 관심이 다르다는 걸 알게 된다.

하지만 때때로는 모두가 관심을 가지게 되는 경우가 있다.

특히 재계에서 엄청나게 관심을 가지고 있는 곳이 하나 있
다.

"올~ 황태자."

"아, 형까지 그러지 마세요. 나 죽을 것 같으니까."

유영민은 까까머리를 만지작거리면서 울상을 지었다.

유영민. 대룡그룹의 유일한 후계자.

아버지 세대가 모두 살해당하고 유일하게 남은 대룡의 적
자.

당연히 그에 대한 재계의 관심은 어마어마할 수밖에 없다.

"그런데 제대한 놈이 머리가 왜 그래?"

"말도 마세요. 제대 바로 전날 행보관한테 잡혔어요."

"행보관이 왜?"

"제대하는 순간까지 군인이라고 머리를 밀어 버린 거 있죠?"

"헐, 황태자를?"

"거기서는 저 황태자라는 거 모르거든요?"

"황태자라는 건 인정한다는 거네?"

"형, 제발. 그렇잖아도 죽겠구먼."

유영민의 별명은 황태자였다. 그럴 수밖에 없다.

성장에 성장을 거쳐서 이제는 재계 순위 2위가 되어 버린 대룡. 그곳의 유일한 상속자라는 타이틀은 대한민국을 흔들고도 남으니까.

"진짜 1년 6개월을 박박 기면서도 내 입으로는 절대 회사 이야기 안 하고 싶었는데 말이죠. 머리 밀리는 그 순간에는 정말 하고 싶어지더라고요, 하하하."

"용케 안 했다?"

"뭐, 해 봤자 행보관님 성격상 '그래서 넌 군인 아니냐?'라고 할 게 뻔하니까요."

피식 웃는 유영민의 모습에 노형진 역시 웃으면서 자리를 권했다.

"일단 앉아라. 제대 기념 인사하러 온 거잖아. 이제 어쩔 거야?"

"할아버지가 바닥에서부터 배워야 한다고 대롱에 입사해야 한다고 하셨으니 그렇게 해야지요."

유영민은 군대에 조용히 갔다.

물론 조용히 가는 것도 순탄하지는 않았지만 어찌 되었건 조용히 갔다 왔고, 유민택은 군대를 갔다 온 남자라면 이제는 당당하게 성인이라며 본격적인 후계자 수업을 시작하겠다고 말했다.

"뭐, 일단은 학생이라서 방학 기간에 인턴이라도 해 보라는데, 인턴이라고 밀어 넣는 데가 물류 창고라니⋯⋯."

"원래 말이 인턴이지 알바잖아. 알바로 짐 나르는 것만큼 짭짤한 게 없지. 그리고 물류는 어떤 산업에서든 기본이야, 인마. 잘 배워 둬."

"짭짤은 둘째 치고 내가 누구인지 들킬까 봐 걱정하는 알바 생활이라는 게 말이 됩니까?"

그 말에 노형진은 피식 웃었다.

하긴, 유영민이 누구인지 알면 짐을 나르게 하긴커녕 곱게 모셔 두려고 성화일 거다.

"부담스럽지?"

"솔직히⋯⋯ 부담스럽죠, 엄청. 군대에 가기 전에는 몰랐는데 조직이라는 걸 겪어 보니까 우리 회사가 참 대단하다고 해야 하나? 그렇게 느껴지더라고요."

"그건 그럴 거야."

유영민 주변에는 그를 보좌해 주고 케어해 주는 사람밖에 없었다. 당연히 조직 생활이라는 걸 대부분의 사람들과 마찬가지로 군대에서 처음 겪어 봤을 거다.

"고작 중대 같은 작은 조직도 그렇게 개판인데 우리 기업쯤 되면 얼마나 개판일지 답이 안 보이겠다 싶기도 하고."

노형진은 그 말에 피식 웃었다.

"잘 배웠네."

조직을 잘 이끌기 위해서는 조직의 속성도 배워야 하지만 동시에 조직이 얼마나 문제가 있는지도 알아야 한다.

유영민은 아무런 백도 없이 조용히 입대한 덕분에 완전 뺑뺑이로 독립 중대에 배치되었는데, 그곳에서 조직이 어떤 식으로 굴러가는지 그리고 그 안에서 어떤 식으로 일이 은폐되는지도 많이 배운 모양이었다.

"그런데 형."

"왜?"

"이건 진짜 곤란해서 묻는 건데, 어디로 가야 해요?"

"흠……."

그 말에 노형진은 침묵을 지켰다. 그리고 유영민을 바라보았다.

어디로 갈 것인가? 이건 생각보다 심각한 선택 사항이기 때문이다.

이것이 법이다

"유 회장님이 골라 보라고 하시던?"

"일단 물류 쪽이기는 한데요. 배울 게 한두 곳이 아니잖아
요. 다음번에 가고 싶은 곳을 말하면 거기로 슬쩍 보내 주겠
다고 하는데, 솔직히 제가 뭘 알아야 고르죠. 아, 물론 조직
도는 대략적으로는 알지만."

"그게 무슨 의미인지 알지?"

"네, 대충은요."

아래에서 일을 배운다는 것.

그건 유영민을 성장시키기 위한 유민택 회장의 선택이다.
이제 유민택도 나이가 적지 않으니까.

"하지만 너한테 부여된 시간이 그다지 길지 않다는 게 문
제야."

"끄응, 그렇죠."

시간이 있다면, 하다못해 중간에서 기업을 승계해 줄 아버
지가 있다면 유영민은 아래에서 충분히 배워서 올라올 수 있
다.

하지만 그런 중간 세대가 없기에 결국 아래에서 배우는 시
기는 최소한으로 하고 빠르게 성장해야 한다.

"그 말은 네가 선택한 쪽이 너의 주력이 될 가능성이 크다
는 거지. 아니, 너뿐만 아니라 대룡의 미래가 될 가능성이 크
겠지."

"후우~ 그러니까 걱정이에요."

기업을 운영하는 이가 어떤 사업에 대해 잘 아는지는 생각보다 중요한 문제다.

　회장이 잘 알고 있는 사업이 그 회사의 중심 사업이 될 가능성이 크기 때문이다.

　"그런데 제가 어떤 걸 해야 할지 모르겠어요."

　유영민의 말에 노형진은 머리를 긁적거렸다.

　"네가 경영학과였지?"

　"네."

　"그러면 어딜 가도 상관은 없다는 건데……."

　일단 특정 부문과 관련된 학과는 아니니까.

　"전설의 초고속 승진 대상이 되는 건가?"

　인터넷 우스갯소리로, 소개할 때는 인턴인데 소개가 끝날 때쯤에는 부장이 된다는 말이 있을 정도로 재벌가의 후계자는 고속 성장을 한다.

　"그래서 고민이에요."

　"그럴 때는 뺄 곳부터 빼는 게 좋아."

　"뺄 곳부터요?"

　"너도 수능 봐서 알잖아? 선생님들이 그러잖아, 안 될 것 같으면 과감하게 빼고 다음 문제부터 풀라고."

　"아, 그랬지요."

　"그건 삶에서도 마찬가지야. 기업이 너무 많으니까, 도리어 네가 가면 안 되거나 네가 생각했을 때 갈 이유가 없는 곳부터 배제하면서 정리하는 거지."

"음…… 그건 생각 못 했네요."

"그러면 하나씩 빼 보자. 뭐부터 빼 볼래?"

한참 고민하던 유영민은 고개를 끄덕거리며 말했다.

"일단 건설이랑 조선 뺄게요."

"건설이랑 조선? 의외로 중요 사업체네. 왜?"

단순히 그냥 일이 힘들어 보여서라고 하면 노형진은 따끔하게 꾸중을 하려고 했지만, 다행히 그런 생각 때문은 아니었다.

"일단 건설은 장기적으로 성장 가능성이 없을 것 같아요. 사실 한국에 건설 업체가 너무 많은 것도 사실이고."

한국은 건설 업체가 너무 많다. 그게 유영민의 생각이었다.

틀린 말은 아니다. 한국에서는 그룹이라고 하려면 건설업도 당연히 해야 한다는 분위기가 강하고, 재계 순위가 높아도 건설업이 없으면 무시하는 분위기도 있으니까.

"그리고 공부하면서 보니까 그래서 무리하게 건설업에 들어갔다가 훅 가는 업체들이 한둘이 아니더라고요."

"하긴, 그건 그렇지."

어느 정도 기업이 성장하면 일단 건설을 해 보는 경우가 흔한 대한민국이다 보니 그러다가 망해서 기업이 날아가는 경우도 흔하다.

"하긴, 뜬금없이 대학교도 건설업을 하는 게 이 나라니까."

"네. 자칫 잘못했다가는 경쟁은커녕 미래에 줄줄이 망해 갈 것 같고."

"조선은?"

"조선은, 원가절감 이야기로 떠들었다가는 어떤 꼴이 나는지 중국에서 잘 봤잖아요. 거기는 엄청 전문가 영역이라⋯⋯."

한때 중국에서 전 세계 조선업의 대부분을 쓸어 갔지만 배가 침몰하고 고장 나는 등 문제가 많아서 다시 한국으로 일이 쏠리고 있는 상황이다.

"제가 가 봐야 아는 것도 없고 쓸데없이 입을 털어 봐야 잘 보인다고 원가절감 소리나 할 테고."

원가절감이 꼭 나쁜 건 아니다. 수익이 나지 않으면 운영할 이유가 없는 게 회사니까.

하지만 그걸 위해 필수적인 영역에 손대기 시작하면 그때는 기업이 망하는 거다.

"제과도 그다지 할 일은 없을 것 같고. 그럼 결국 전자인가? 하여간 그래서 머리가 아파요."

이리저리 생각하던 유영민은 눈을 찡그리며 말했다.

"뭐, 전자가 유망하기는 하지."

계속 발전할 수밖에 없는 곳이고, 얼마나 투자를 잘할지나 미래의 먹거리를 누가 먼저 잡을지 등을 생각해야 하는 분야니까.

'그러고 보니 역사가 참 많이 바뀌었네.'

당장 핸드폰만 해도, 원래 핸드폰은 이파전이었다.

하지만 대룡이 살아남아 의외로 좋은 핸드폰을 계속 만들어 내면서 삼파전 양상을 만들어 낸 상황.

"와, 진짜 어딜 가나 고생문이 열렸구나."

"넌 어딜 가서든 잘할 거야."

허망하게 웃는 유영민을 본 노형진은 피식 웃으며 말해 줬다.

"그나저나 할아버지가 한번 들어오시래요."

"응? 날? 왜? 전화로 이야기하지 않으시고?"

"모르죠. 뭐, 조용히 이야기해야 하는 거라고 하시던데."

다른 사람도 아닌 유영민을 통해 이야기할 정도라면 심각한 문제라는 거다.

"그래? 바로 들어가 봐야겠는데?"

그 말에 노형진은 왠지 등골이 서늘해졌다. 보통 이런 일은 상당히 힘들다는 걸 알기 때문이다.

⚖️

"어디요?"

오랜만에 대룡에 도착했을 때 노형진은 어이가 없어서 되물을 수밖에 없었다.

"항공사 말일세, 오리엔탈항공."

"거기를 사 달라고 한다고요? 그 폭탄을? 뜬금없이?"

"뜬금없이가 아니라…… 현실이 그렇지 않나."

기업은 일반적으로 자기들끼리 알아서 거래하고 또 기업의 인수 같은 것도 결정한다. 하지만 종종 국가에서 많은 보상을 내걸고 특정 기업을 인수할 곳을 찾는 경우가 있다.

그건 해당 기업이 보통 국가 기간산업에 속하는데 망하면 타격이 클 때 벌어지는 일이다. 가령 항공사 같은 거 말이다.

"오리엔탈항공이……. 아, 하긴 그러네요."

오리엔탈항공. 한국항공과 더불어서 대한민국의 2대 회사 중 하나다.

"거기가 상황이 안 좋은 거 알지?"

"알죠. 파산 직전이라고 들었는데요."

오리엔탈항공은 코델09바이러스가 터진 후에 다른 항공사와 마찬가지로 치명타를 입었다.

사실 다른 나라들도 마찬가지였으니까 그것만으로는 문제가 되지 않았다.

문제는 한국 대기업의 고질병, 즉 사주였다.

분식 회계가 발각되고 또 그 안에서도 온갖 갑질이 터지면서 이미지가 나락으로 가 버렸다.

'그러고 보니 원래 역사에서는 한국항공으로 넘어갔지, 아마?'

더군다나 애초에 오리엔탈항공을 가지고 있던 회사가 교통 전문 그룹이다 보니 코델09바이러스로 심각한 타격을 입었기에 원 회사에 잡아 둘 힘이 없었던 것.

"그런데 거기를 사 달라고요?"

"현재는 한국항공이 인수하겠다고 하는 모양인데, 정부에서는 영 탐탁잖은 모양이야."

"당연하죠. 그렇게 되면 한국항공이 대한민국의 모든 항공 라인을 독점하는 건데."

물론 다른 항공사가 없는 것은 아니지만 대부분 저가 항공사라 오리엔탈항공을 살 만한 돈이 없다.

오히려 코델09바이러스의 영향으로 누군가 자기네를 좀 사 줬으면 하는 분위기다.

그런 상황에서 만일 모든 항공 라인이 한 회사로 넘어간다?

아마 개판이 될 거다.

당장 유료 도로에서 투자사들이 얼마나 터무니없는 돈을 뜯어내는지는 아는 사람은 다 안다.

'실제로 한국항공으로 넘어간 후에 비행깃값이 많이 비싸졌지.'

당연하다. 어차피 독점이니까.

어차피 저가 항공은 해외 라인에 취항할 수도 없으니 무작정 올려도 어쩔 수 없이 쓰게 되는 거다.

"다른 대기업들도 그다지 관심이 없는 모양이고."

"자기들도 죽겠는데 폭탄을 누가 받으려고 하겠습니까?"

코델09바이러스는 대기업에도 큰 영향을 줬다. 이게 언제 끝날지도 모르는 상황에서 항공사같이 돈이 어마어마하게 깨지는 사업을 유지할 이유가 없다.

"그래서 정부에서 우리에게 의사를 물어 왔네, 오리엔탈 항공을 인수할 생각이 없느냐고."

"흠……."

그 말에 노형진은 턱을 문질렀다.

'확실히 지금으로서는 지옥 같은 시기이기는 하지.'

전 세계가 코델09로 고통받고 있으니 당연히 모두가 인수를 거부할 수밖에 없다.

"지금 값어치가 어느 정도 된다고 하죠?"

"2조 정도 된다고 하더군."

"빚은요?"

"빚이 12조 정도 될 걸세."

노형진은 눈을 찡그렸다.

오리엔탈항공이 오래된 항공사이기는 하다. 하지만 그래도 그렇지, 빚이 12조라니.

"영업 참 개판으로 했네요."

"뭐, 회사 자체는 문제가 없었지. 원래 회사가 삽질만 안 했어도."

"아, 그랬죠."

사실 오리엔탈항공은 흑자 기업이었다. 그런데 모기업에서 뜬금없이 건설업에 들어가려고 하다가 다 까먹은 거다.

"웃기네요, 얼마 전에 영민이랑 그 이야기 했는데."

"그랬나?"

"네. 한국은 좀 성장했다 싶으면 일단 건설에 손대는 버릇을 버려야 하는데 말이죠."

"하긴, 대룡처럼 착실하게 성장한 건설사는 거의 없지."

애초에 대룡건설의 시작이 워낙 건설사들이 폭리를 취하는 탓에 차라리 직접 짓겠다고 나선 것이었다.

물론 지금은 성장해서 직접 아파트도 올리지만 말이다.

"자네는 어떻게 생각하나? 지금 회사 내부에서는 의견의 대립이 팽팽해."

"그럴 만하죠."

세상에 공짜란 없다.

정부에서 나서서 기업을 사 달라고 할 정도라면 생각보다 상황이 좋지 않다는 거다.

당연히 그걸 성사시키기 위해서는 그에 맞는 지원을 해 준다는 의미다.

"그래서 고민 중이야. 우리 회사야 다른 기업들보다 훨씬 여유로운 건 사실이니까."

틀린 말은 아니다. 당장 미국에서 벌어들이는 돈만 해도 어마어마하다.

당장 미국의 망해 가던 의료 재단을 구입한 게 몇 개나 되는데, 그들이 코델09바이러스를 집중적으로 치료하면서 어마어마한 돈을 벌어들이고 있기 때문이다.

노형진과의 인맥 덕분에 방역용품에서부터 컨테이너를 개조한 개인 격리실까지 어마어마한 숫자가 지원되었고, 거기다 상대적으로 다른 곳보다 코델09바이러스 치료비를 싸게 측정한 덕분이었다.

"그러다 보니 2조 원 정도는 어찌어찌 낼 수 있네. 빚 같은 경우도 정부에서 은행과 협상해서 최대한 커버해 준다고 하니까."

문제는 그걸 넘겨받은 후에 정상화하는 것이다.

애초에 한 기업을 정상화하는 것은 쉬운 일이 아니다.

문제는 지금 이 상황이다.

코델09바이러스 때문에 대부분의 나라가 국경을 폐쇄하고 있는 상황에서 다른 기업도 아닌 항공사를 정상화한다?

"그건 저라고 해도 답이 없습니다만."

"그건 나도 아네. 자네가 신이 아닌 이상에야 그게 가능할 리가 없지."

항공사는 존재 자체로 엄청나게 돈을 잡아먹는 기업이다.

일단 조종사만 해도 필요하다고 바로 뽑을 수 있는 인력이 아니기에 고용을 계속 유지해야 한다. 승무원도 마찬가지.

비행기 역시 주차하듯이 그냥 세워 둬선 안 된다.

의외로 비행기의 주기료는 엄청나게 많이 든다.

비행기는 운항하지 않을 때 주기장이라는 곳에 세워 놔야 하는데 그 비용이 진짜 비싸다. 오죽하면 세워 두는 것보다 띄워 두는 게 돈이 덜 든다고 할 정도다.

거기다가 비행기는 정비도 주기적으로 정밀하게 해야 하고 그 비용도 엄청나게 든다.

당연히 정비에 필요한 인원을 확보해서 그들을 데리고 있는 것도 힘들다.

애초에 항공기를 정비할 정도의 실력을 가진 정비사가 쉽게 구할 수 있는 인력도 아니니까.

"즉, 항공사를 운영하는 상황에서 내부 인원은 대부분 필수 인원이라는 거죠."

그러다 보니 다른 곳처럼 정리 해고 같은 걸 하기 힘들다.

설사 정리 해고 등을 통해 인원을 정리한다고 해도 사실 항공사의 지출에 비하면 뺄 수 있는 인건비는 새 발의 피다.

오리엔탈항공이 분명 한국의 2대 항공사이기는 하지만 그 안에서 근무하는 사람들의 숫자는 고작 9천 명 정도.

다른 노동집약적산업과 다르게 인원이 많지 않다. 그 안에서 필수 인원을 빼면 남는 건 2천 명 정도.

"말 그대로 한 줌입니다."

물론 그들을 자른다고 해서 갑자기 상황이 나아지는 것도 아니다.

필수 인원을 제외하고 2천 명이라는 거지, 진짜 최소한 기업이 운영될 수 있게 유지하려면 잘해 봐야 천 명 정도다.

"그래서 거부하자는 의견도 꽹장히 거세지만……."

"설마 내부적으로 구입하기로 결정된 겁니까?"

"오리엔탈항공이 워낙 큰 회사여야 말이지. 사실 내가 그동안 매를 너무 많이 들었으니까."

"끄응."

후계 구도 정리를 위해 내부의 반기를 억누른 뒤 정리하느라고 주요 임원들의 불만이 적지 않다고 했다.

"더군다나 가문도 전처럼 내게 우호적이지 않잖나."

"이해는 갑니다."

원래 대롱그룹은 유민택이 가문의 도움을 받아서 성장시킨 곳이었다. 하지만 그 과정에서 가문의 영향력이 강해지다 못해 범죄와 온갖 부정부패로 변하기 시작하자 유민택은 가차 없이 그들을 잘라 냈다.

물론 그들이 유민택을 몰아내거나 하겠다는 소리는 하지 않았지만, 유민택이 자기들의 자리를 빼앗았을 뿐만 아니라 좀 과한 경우에는 감옥에까지 보냈기에 좋게 생각할 리가 없었다.

"그쪽에서 무리해서라도 구입하기를 원하더군."

"지금 상황에서는 이거 완전 핵폭탄인데."

정상화까지 얼마나 걸릴지 알 수가 없으니까.

물론 다른 의미에서는 받아들일 만한 핵폭탄이기는 하다. 정상화만 된다면 폭발적으로 수익이 늘어날 테니.

"정부에서는 조건으로 뭘 내걸었습니까? 어설픈 세금 감면 같은 걸 대가로 요구하는 거라면 수지가 안 맞는데요."

"놀라지 말게나. 생각지도 못한 조건이니까."

"뭔데요? 그다지 놀랄 것도 없습니다만. 어차피 돈 없는 건 정부도 마찬가지니까요."

"그래서 내놓은 방법이기는 한데, 그게 또 의외로 제법 좋은 조건이라서 말이지."

"뭔데요?"

"건축물 비파괴검사 의무화와 감리 업체 고용자 변경이라네."

노형진은 그 말에 한참을 멍하니 있다가 귀를 의심했다.

"박기훈이가 미쳤습니까?"

"미쳤다고 볼 수 있지. 하지만 박기훈은 지금이 아니면 기회가 없다고 생각하는 모양이더군."

"하긴, 지금 건설 업체들이 돈이 말라서 저항하지 못할 상황이기는 한데……."

건축물 비파괴검사 의무화와 감리 업체 고용자의 변경은 생각보다 큰 문제다.

왜냐하면 지금 한국에서 짓는 건물 중에 날림으로 짓지 않는 곳이 없다고 할 정도이기 때문이다.

'하긴 삼풍이랑 다리가 무너진 충격이 가신 지가 한참 되기는 했지.'

삼풍백화점과 한강교의 추락은 한국에 부실 공사에 대한 경각심을 불러일으켰지만 지금은 그로부터 이미 오랜 시간이 지났다.

실제로 건설 현장에 가 보면 그야말로 개판이다.

'그래서 결국 아파트가 통째로 무너져서 사람까지 죽고 말이지.'

안 좋은 자재를 쓰는 것은 기본이며 그 안 좋은 자재마저도 조금만 쓴다.

원래 건설 현장에서 녹슨 철근은 쓰면 안 된다.

철근과 콘크리트는 열팽창률이 같다. 그래서 아무리 열을 받아도 이 두 가지가 똑같이 늘어나고 똑같이 줄어들어서 떨어지지 않는다.

하지만 녹슨 철근은 외부의 녹이 그 접촉을 막기 때문에 결국 시멘트와의 연결이 끊어지게 된다.

그런데 그것만이 문제가 아니다. 시멘트도 규정 이하의 물건을 쓰는데, 거기다가 그마저도 양을 늘리기 위해 모래를 섞어 버리는 건 흔하고, 그마저도 아깝다고 물을 섞어 버리는 경우도 많았다.

실제로 최근에 지은 아파트들이 문제가 많은 건 딱히 비밀도 아니었다.

심한 경우 법에서 정한 압축 강도의 절반도 못 버티는 건물도 있었다.

그걸 제대로 검사하지 않아서 그렇지 제대로 검사하면 부도가 날 건설 업체가 한둘이 아니었다.

"근 10년 이내에 지어진 모든 건축물에 대한 비파괴검사를 한다고 하더군."

"건설사들 난리가 나겠네요."

"당연하지. 하지만 사람 목숨이 달린 문제인데 그쪽이 헛짓거리 한 것도 사실이니까."

비파괴검사란 특수한 장비를 동원해서 아파트를 파괴하지 않고 내부의 문제를 확인하는 방법이다.

당연히 그 안에 생긴 동공이라든가, 아니면 철근과 접합이 떨어진 부분 등이 드러날 수밖에 없다.

이게 공개되면 아마 대부분의 건설사들은 피바람을 피할 수 없을 것이다.

최악의 경우 일부 아파트는 해체하고 재시공해야 할지도 모른다.

이는 생각보다 큰 문제인데, 당장 살아가는 데에는 티가 안 나지만 지진이라도 와서 아파트가 무너지면 수천 명, 아니 대단위로 지어지는 신도시의 특성상 수만 명씩 죽을 수도 있기 때문이다.

'박기훈이 최근에 정치적으로 타협을 좀 하는 것 같더니만 이번에는 아닌가 보네.'

생각보다 극단적인 대책에 노형진은 잠깐 생각에 빠졌다.

그나마 다행인 건, 노형진이 일본산 방사능 쓰레기 수입을 막아서 방사능오염 걱정은 좀 덜하다는 정도?

"그런데 감리는 다른 곳에서 고용한다는 게 잘 통과될까요?"

"통과되지 않으면 회사가 망하게 만들겠지. 자네도 알지 않나? 대통령이 아무리 물통령이 돼도 좆되게 만드는 건 어려운 일이 아니야."

"하긴, 그러네요."

감리란 건물을 짓는 데 있어서 안전 문제 등을 감시하는 사람들이다.

여기에는 법적인 문제가 얽혀 있는데, 감리를 고용하는 사람이 그 건축물을 짓는 회사라는 거다.

그러니까 우리를 감시하면서 월급을 받아 가라는 꼴이라, 감리가 불법행위나 날림 공사를 지적하면 그날로 잘린다.

당연히 한국의 감리들은 아무리 건축물이 날림으로 지어져도 입 꾸욱 다물고 아무런 말도 못 한다.

법적으로 감시를 위해 만들어진 자리지만 현실적으로 한국에서는 그냥 낙하산 하나 꽂아 두고 꿀이나 빨게 하는 경우가 대부분이다.

실제로 많은 건설 현장에 감리가 아예 출근도 안 하는 경우가 많은 건 딱히 비밀도 아니다.

"그런데 이걸 공개한다는 건……."

"우리 대룡건설을 은밀하게 밀어주겠다는 거지."

전혀 상관없는 일 같지만 사실 그렇지 않다.

왜냐하면 지금 비파괴검사를 하면 대룡건설이 지은 건축물이 가장 튼튼할 테니까.

애초에 대룡건설은 그룹 내에서 쓰는 건물을 만들기 위해 시작된 곳이라 건물을 튼튼하게, 규정대로 짓는 문화가 있는데다 몇 번의 내부 청소를 통해 장난치는 놈들의 모가지를 날려 버렸기 때문에 자기 인생을 걸고 장난치는 놈은 더 이상 없었다.

외압으로 한 것이든 아니면 자기 욕심에 한 것이든, 어떤 식으로든 기업에 피해를 주는 순간 단순히 해직에서 끝나는 게 아니라 기소와 동시에 손해배상까지 해야 하는 상황에 어설프게 장난치는 놈들은 대부분 걸렸고, 그중 태반이 인생이 코너에 몰려서 자살 말고는 선택지가 없게 만들었었다.

"그런데 비파괴검사를 해서 그 결과를 공개한다면 대룡건설에 일감이 쏠리겠네요."

"그래. 더군다나 감리는 따로 고용해야 하니까."

원래 감리는 건설 업체에서 고용하는 게 아니라 그 건설을 주도하는 주체, 가령 아파트 단지를 새로 세울 경우 그걸 세우는 재건축 조합 같은 곳에서 별도로 고용하게 되어 있다.

하지만 대부분의 건설사에서 자기네들 감리를 끼고 들어가기 때문에 감시가 제대로 이루어지지 않는다.

"하지만 제3자 고용이 조건이라면 이야기가 달라지지."

쉽게 말해서 감리를 고용하거나 추천하는 권한을, 공사를 담당하는 건설 업체가 아닌 건설 경쟁에서 떨어진 다른 업체에다 주는 것이었다.

어차피 감리 비용은 아파트 재건축 조합 같은 곳에서 나가니까.

당연히 그렇게 될 경우 경쟁사 감리 업체가 들어가게 될 테고, 경쟁사 감리 업체는 눈을 까뒤집고 하나하나 지적해 가면서 불법적으로 장난치지 못하게 할 게 뻔하다.

"다른 건축 회사에는 치명타겠는데요?"

"그럴 거야."

'그러고 보니 전에 인터넷에서 본 글이 생각나네.'

자신이 건설업자라면서, 2000년대에 들어서 완성된 건물에 입주할 때는 주의하라는 글을 쓴 사람이 있었다.

심지어 자기가 만든 터널이 있는데 자신은 불안해서 절대 거기로 다니지 않는다는 소리까지 했었다.

"은근슬쩍 대룡건설을 밀어주겠다는 건데……."

전국에서 재건축과 재개발 광풍이 불고 있는 시기인 만큼 그게 얼마나 큰돈이 될지는 알 수 없다.

이것이 법이다

"다만 그러기 위해 받아야 하는 폭탄이 워낙 크다는 게 문제죠."

12조짜리 폭탄이다.

그 정도면 아무리 대룡이라고 해도 순간적인 자금경색이 올 정도의 금액이다.

"아무리 대룡이라고 해도 12조를 지금 같은 상황에서 융통하는 건 쉬운 일이 아닐 텐데."

"그래서 자네를 오라고 한 거야. 정부에서도 나름 계산해서 나한테 구입 의사를 타진했을 걸세."

"마이스터를 이야기하는군요."

"지금 같은 긴축 상황에서 12조를 융통할 수 있는 곳은 없으니까."

마이스터는 진짜 어마어마한 수익을 내고 있다.

당연하다. 코델09바이러스가 퍼질 걸 미리 알고 있었으니까.

당연히 어디가 떨어지고 어디가 올라갈지 알고 있는데 실패했다면 그게 이상한 일이다.

"흠……."

노형진은 그 말에 턱을 문질렀다.

'영 꺼림칙한데.'

코델09바이러스는 앞으로도 상당 기간 전 세계를 힘들게 하고 결국 토착 질병화되어 버리기까지 한다.

당연히 그 기간 동안 항공은 답이 없다.

법을 세우고 부실 공사도 잡으면서 대룡건설을 밀어주는 건 좋은 일이기는 한데…….

"그만한 폭탄이기는 해요."

"그만한 폭탄이기는 하지. 솔직히 말하겠네. 거부하기는 힘들어."

"하긴, 그건 그렇겠네요."

정부 입장에서는 건설 업체들과 척질 각오를 하고 저지르는 일이다. 건설업이 요즘 개판이라는 건 딱히 비밀도 아니긴 하지만.

'하긴, 어쩔 수 없겠지.'

과거처럼 3~4층짜리 낮은 건물들이 아니다. 60층짜리 아파트가 무너질 경우 그 안에서 얼마나 죽을지 생각해 보면 매우 끔찍한 일일 수밖에 없다.

"그래서 고민 중이라네, 인수는 해야 하지만 내부를 어떻게 정리해야 할지."

"거의 마지막 사업체 인수가 되겠군요."

"그래, 이걸 마무리 지어 놔야지."

유영민이 들어와서 구입하기에는 시간이 너무 오래 걸린다.

일단 인수한다고 해도 정상화에 몇 년이나 걸릴지 모른다.

"뭐, 일단 상황은 알겠습니다. 하지만 오리엔탈 인수에 관해 제가 해 드릴 수 있는 건 별로 없을 것 같습니다만."

물론 인수 계약 같은 걸 하는 데 있어서 도움을 주는 건 어렵지 않다. 애초에 그런 건 새론에서 알아서 할 일이기도 하고.

"저를 따로 부르신 이유가 따로 있을 것 같은데요. 저한테 항공을 맡기실 생각은 아닐 테고."

노형진은 변호사지 사업가가 아니다.

필요하다면야 하겠지만 솔직히 지금 항공은 답이 없다. 경영은 어지간하면 그룹 내부에서 해결할 문제다.

"알고 있네. 그거야 내부에서 꼭 사야 한다고 하니 사는 걸로 가겠지만 문제가 있거든."

"무슨 문제요?"

"오리엔탈항공을 쥐고 있는 게 누구겠나?"

"당연히 동방주식회사죠."

"거기서 배 째라는 식으로 나오는 모양이야."

"허?"

동방운송주식회사.

원래는 동방고속을 시작으로 성장한 교통 쪽 기업이다. 성장을 거듭해서 결과적으로 오리엔탈항공을 세우는 데 성공은 했지만 온갖 삽질 탓에 넘어가기 직전이었다.

'내 기억이 맞으면 오리엔탈을 넘기면서 그냥 와해될 텐데.'

실제로 지금 동방운송주식회사에 남은 건 오로지 오리엔탈항공 하나뿐이다.

"정부에서도 매각하라고 압력이 내려올 정도면 답은 어느 정도 나온 거 아닙니까? 애초에 오리엔탈항공이 매물로 나온 것도 오래전 아닙니까?"

"그건 그렇지."

사실 원래 오리엔탈항공의 매각이 결정된 기업이 있었다.

하지만 인수 직전 코뎰09바이러스가 퍼지면서 그쪽에서 심각한 자금경색을 겪었기에 어쩔 수 없이 구입을 포기하게 된 것이다.

"그런데 이제 와서 뭘요?"

"저쪽에서 무리한 요구를 하더군."

"무슨 요구 말입니까? 고용 승계라도 요구하던가요? 뭐, 그거야 이해합니다만."

정부에서 기업을 강제로 인수시키려고 하는 것은 거기서 일하는 노동자들을 보호하기 위해서다.

그러니 당연히 고용 승계 조항이 들어가야 한다.

"그런 거라면 내가 자네를 부르지도 않았다네. 그쪽이 요구한 것은 오리엔탈항공이라는 이름을 계속 사용하는 거야."

"그거야 나쁜 건 아닌 것 같은데요?"

오리엔탈항공이라는 이름은 오래되기도 했고 동시에 그만한 가치도 있다.

실제로 오리엔탈항공은 항공 업계에서 대형 항공 업체이자 준수한 서비스를 제공하던 곳이다. 본사가 문제였지.

"물론 그렇지. 문제는 이 오리엔탈항공의 상표권 소유주가 동방운송주식회사의 회장인 곽도방이라는 거야."

"네?"

"곽도방의 요구는 간단하네. 오리엔탈항공이라는 이름을 사용할 것. 그리고 매년 사용료로 200억을 지급할 것."

"미친 거 아닙니까?"

"말도 안 되는 거지."

"남은 다 죽어도 나는 못 죽겠다 이겁니까?"

"그래."

사실 이런 수작질은 의외로 흔하게 벌어지는 일이다.

회장님이 돈을 두둑하게 챙기고 싶은데 공식적으로 돈을 받을 방법이 없다?

그러면 회사 이름의 권리를 회장 일가가 갖고 그 사용료를 지급해 달라고 한다.

그런 방식으로 회장 일가는 매년 수십억에서 수백억을 챙길 수 있다. 웃기지만 그건 합법의 영역에 들어가 있다.

"말도 안 되는 소리입니다. 우리가 미쳤다고 1년에 200억을 줍니까? 오리엔탈항공이 1년에 수익이 얼만데요?"

"1년에 대략 5천억이네. 최고 기준으로 말이야."

"하지만 지금은 마이너스 아닌가요?"

"극단적인 마이너스지. 1년에 대략 1천억쯤?"

"간땡이가 부었군요."

"생각보다 이런 경우가 많지 않나?"

"하긴, 틀린 말은 아니죠."

기업이 망할 것 같다면 회장이나 그걸 지배하던 인간들은 어떤 행동을 할까?

사비를 털어서 재기할 기회를 노릴 것인가?

아니면 회사를 유지시키기 위해 최선을 다할 것인가?

'애석하게도 아니지.'

물론 그런 사람도 있지만, 진짜 답이 없다 싶으면 아예 돈을 빼돌려서 안락한 노후를 준비하기 시작한다.

진짜 회사가 회생 가능성이 없다고 보이면 그때부터는 체계적으로 막대한 돈을 빼돌리기 시작하는데, 그럴 때 쓰는 방법 중 하나가 바로 상표권을 소유하는 거다.

"우리는 그 돈을 절대 못 주네. 그럴 바에는 차라리 포기하겠어."

"그러니까 그걸 주지 않으면서 기업을 가지고 올 방법을 찾아보라 이거군요."

"그래."

"쉽지 않겠네요."

노형진은 고민에 빠졌다.

쉽지 않은 의뢰였다.

결국 근본은 돈이지

"상표요?"

"상표로 장난치는 경우는 생각보다 많으니까요."

이건 노형진 혼자서 할 건 아니었기에 당장 새론에서는 회의를 시작했다.

그리고 예상대로 대부분의 변호사들은 이런 일에 대해 잘 모르고 있었다.

"기업이 망하면 회장들도 망해야 하지만 대부분의 경우 이 상표권을 가지고 잘 먹고 잘 삽니다."

"이해가 안 가는데요?"

"음...... 예를 들면 이런 거죠. 요즘 어디 가서 보면 글로리아어페럴 할인 행사 많이 하죠?"

"네, 엄청 많죠. 아예 할인하는 그런 브랜드 아닌가요?"

고연미 변호사는 고개를 갸웃하며 물었다.

다니다 보면 '글로리아어페럴 파격 할인', 또는 '글로리아어페럴 이벤트 특가 행사', '글로리아어페럴 부도 처리' 같은 글을 흔하게 볼 수 있으니까.

"맞습니다. 하지만 글로리아어페럴은 아니죠. 이미 글로리아어페럴은 폐업하고 사라진 지 10년이 넘었습니다."

"네? 폐업요?"

그 말에 고연미는 깜짝 놀랐다.

"어제도 봤는데요?"

"저도 얼마 전에 봤습니다만?"

심지어 무태식 변호사도 모르고 있었던 모양이다.

그 말을 듣고 있던 김성식이 혹시나 하는 마음에 물었다.

"그게 상표권이라는 건가?"

"맞습니다. 아마도 글로리아어페럴의 사장이 망하기 직전에 장난친 걸 겁니다."

글로리아어페럴은 20년 전에 생긴 브랜드다.

10년간은 잘나갔지만 그 후 시대에 뒤떨어진 디자인 그리고 제품의 질의 하락 등의 이유로 파산했다.

매년 새로운 옷과 디자인을 내놓으면서 손님을 끌어와야 하는데, 그러기 위해서는 젊고 새로운 디자이너를 데리고 와야 했다.

그러나 글로리아어페럴은 돈을 아끼기 위해 디자인을 비슷하게 돌려 막기 해 버렸다.

"회사는 파산하면서 사라졌지만 글로리아어페럴이라는 상표권은 그 당시 사장이 가지고 갔지요."

회사와 상표권이 대부분 동일하게 흘러가기에 사람들 대부분은 동일한 거라고 생각하지만, 사실 법적으로 보면 회사와 상표권은 전혀 다르게 구분된다.

즉, 상표권을 가진 다른 사람이 있다면 그 회사가 망해도 상표권은 계속 유지된다.

"그래서……?"

"네, 그 후에 돈만 주면 닥치는 대로 글로리아어페럴이라는 이름을 쓸 수 있게 해 준 거죠."

어차피 진짜 글로리아어페럴은 망한 지 오래라 피해를 입을 일도 없고, 자기 상표권이니 법적으로 문제가 될 일도 없다.

그러니 말도 안 되는 질이 낮은 상품에 그냥 돈 받고 글로리아어페럴이라는 이름을 빌려주는 거다.

"그리고 그걸 가지고 파산이니 할인 행사니 하면서 팔아먹는 거죠."

90% 할인? 애초에 진짜 글로리아어페럴 가격도 아니거니와 질도 훨씬 떨어진다.

물론 진짜 글로리아어페럴에서 팔던 옷의 품질은 꽤 괜찮은 편이었지만, 지금 파는 옷들은 대부분 중국에서 대량으로 가지고 온 싸구려라 질을 비교할 수도 없다.

"그리고 그런 기업들이 엄청나게 많습니다. 글로리아어페럴은 단순 예시이고, 우아한가구나 조연가구 같은 곳도 망한지 벌써 10년이 넘었죠."

"하지만 그거 파는 곳이 여전히 있던데요?"

"상표권만 사서 물건을 파는 겁니다."

물건 자체는 작은 공장에서 만들고 상표권용 스티커만 붙여서 파는 거다.

"대부분의 사람들은 우아한가구나 조연가구 같은 곳이 망했다는 걸 모르니까요."

"으음……."

그렇게 함으로써 회사를 망하게 한 사장은 다른 투자자들과 다르게 잘 먹고 잘살게 되는 거다.

"지금 오리엔탈항공의 사장인 곽도방은 그 짓거리를 하려는 거죠."

"그게 200억의 값어치가 있나요?"

고연미가 고개를 갸웃하며 묻자 노형진이 고개를 끄덕거렸다.

"솔직히 매년 200억의 값어치는 좀 무리해서 부른 겁니다. 하지만 오리엔탈항공이라는 브랜드를 일시불로 산다고 하면 200억 정도의 값어치는 있으니까요."

동방운송주식회사가 삽질을 한 거지 오리엔탈은 아니니까.

"그리고 꼴이 이렇게 되었다고 하지만 오리엔탈항공은 전 세계에서 알아주는 선진적인 항공사 중 하나였습니다."

심지어 미국조차도 이 정도 가격에 이 정도 서비스는 제공하지 못한다고 할 정도로 오리엔탈항공은 해외 항공사에서 벤치마킹까지 하던 대단한 항공사였다.

"그런데 200억이라고 하면······."

"솔직히 곽도방은 그걸 쥐고 자기 마음대로 평생 놀고먹겠다는 거죠."

아무리 대룡이라고 해도 인수하자마자 갑자기 이름을 바꿀 수는 없다.

갑자기 대룡이 인수했다고 대룡항공 같은 걸로 이름을 바꿔 버리면 사람들이 잘 타지 않을 거다.

"어째서요?"

"비행기는 위험한 탈것이니까요. 정확하게는 한번 사고가 나면 엄청나게 많은 사람들이 죽는다는 게 문제입니다."

그래서 탑승자들이 항공사를 고를 때 가장 먼저 생각하는 것 중 하나가 바로 안전이다.

"그리고 오리엔탈항공은 의외로 안전한 회사 중 하나였거든요. 그런데 그걸 뜬금없이 대룡항공으로 바꾼다면 어떤 느낌이 들겠습니까?"

"아, 신생 회사라는 느낌이 들겠네요."

"맞습니다."

아무리 대룡이라는 이름이 붙었다고 해도 마치 검증되지 않은 신생 항공사 같은 느낌이 들 것이다.

물론 한국 사람들이야 대룡에 대해 잘 알고 오리엔탈항공이 대룡항공으로 바뀐 것을 알 테니까 상관하지 않겠지만, 다른 나라 사람들도 과연 그럴까?

"오리엔탈항공이 생기고 40년. 그 시간 동안 쌓아 온 인지도는 절대로 작지 않습니다."

"으음……."

그걸 알기에 곽도방이 이름을 사용하는 대가로 매년 200억이라는 터무니없는 금액을 달라고 하는 거다.

"장기적으로 보면 대룡에서는 그 이름을 포기할 수도, 그렇다고 그 돈을 줄 수도 없다는 거죠."

말도 안 되는 가격이기에 결코 받아들일 수 없지만, 그렇다고 안 된다고 하면 아예 새로 시작하는 수준이라고 생각해야 한다.

"바꾼다고 홍보하면 안 되나요?"

"안 됩니다. 아마도 곽도방은 몇 년간 의무 사용 기간을 넣을 겁니다. 아마도 20년 이상은 요구할 테죠."

설사 이름을 바꿨다고 한다고 해도 '오리엔탈항공에서 대룡항공으로 바꿨습니다.'라고 홍보하는 데에 오리엔탈항공이라는 이름이 들어가야 한다.

"그러면?"

"네, 그래서 유 회장님이 고민하는 겁니다."

폭탄을 넘겨받아서 어쩔 수 없이 해체해야 하는데 그 안에 이중으로 폭탄이 심겨 있는 거다.

"이미 내부 상황을 확인해 봤습니다. 실제로 오리엔탈항공은 이름을 상실한 지 오래되었더군요."

"네?"

"현재 1천억의 연간 손실 중에서 곽도방 회장에게 주는 돈이 매년 200억입니다."

곽도방이 오리엔탈항공을 매물로 내놓기 전부터 이름을 넘겨받아 돈을 빼돌리고 있었다는 소리다.

"그러면 절대로 받아들일 수 없는 조건이네요."

유민택이 바보도 아니니 그 요구를 받아들이지는 않을 거다.

"그러면 압류하는 건 불가능한가? 곽도방 그 인간에게 빚이 한두 푼이 아닐 텐데."

"저도 확인해 봤습니다. 그런데 빚은 이미 정리했더군요. 애초에 동방운송주식회사니까요."

"무슨 뜻인지 알겠군."

회사가 망하면 모든 책임을 회장이 져야 할까?

아니다. 그런 타입은 보통 작은 회사나 무한책임 회사라는 형태로 굴러간다.

주식회사는 회사가 잘못되어서 망하면 그 주식만 날리고

끝난다. 다만 그 주식을 살 때 쓴 금액에 따라 손실 규모가 달라지는 것뿐이다.

망하는 회사의 주식 때문에 망했다고 하는 사람들은 여유자금이 아니라 대출금 같은 걸로 주식을 했기 때문에 생긴다.

"그래서 곽도방은 자기 주식을 모두 빼앗기는 선에서 권리를 상실할 겁니다."

문제는 그 주식의 가치가 떨어지거나 사라진다고 해도 곽도방이 가진 오리엔탈항공의 이름값과는 전혀 상관없는 일이라는 거다.

"하긴, 상표권도 재산이죠?"

"맞습니다. 그래서 곽도방이 자기 채권은 모조리 정리해둔 상황이라고 하더군요."

주식회사 같은 유한회사, 즉 정해진 손실까지만 부담하면 되는 회사는 그 이후의 책임에 관해서는 물을 수가 없다.

만일 그 과정에서 불법행위로 발생한 피해가 있다면 그건 회사의 파멸이나 다른 이유와 상관없는 불법행위로 인한 손해배상일 뿐이다.

"그런데 모든 손해배상과 빚을 다 정리해 놨다라……."

"상표권을 넘긴 게 제법 오래되었으니까 그걸 정리하고도 남지요."

"이런 이런, 아주 작정을 하고 준비한 거군."

김성식은 노형진의 말에 눈을 찡그렸다.

"빼돌린 돈과 그렇게 받은 돈을 가지고 있으면 충분히 먹고살죠."

"먹고사는 정도가 아니라 떵떵거리면서 잘살 것 같은데요?"

"하긴."

한국에서 회사가 망하면 대부분의 사람들은 해외로 뜬다.

한국이 싫어서?

아니다. 감춰 준 돈을 한국에서 쓰자니 눈치가 보이기 때문이다.

"그러면 이 문제에 대해서는 어떻게 해야 할지 모르겠군."

가장 만만한 방법은 상표권을 압류하는 건데 그건 불가능한 상황.

"그냥 안 하겠다고 하면 안 되는 건가요?"

고연미는 고개를 갸웃하면서 물었다. 그 말에 노형진은 고개를 흔들었다.

"경쟁이 없다면 가능합니다. 하지만 경쟁자가 있으니까요."

"한국항공요?"

"네."

한국항공은 지금 무리해서라도 오리엔탈항공을 사려고 하고 있다.

'오리엔탈항공을 구입해 버리면 사실상 독점이니까.'

독점한 후에 가격을 올리는 거야 어려운 일이 아니다.

그러니 그들은 매해 200억을 주더라도 오리엔탈항공의 이름을 가지고 가려는 것이다.

"하지만 대륭에서 오리엔탈항공을 가지고 가면 상황이 좀 달라지죠."

"독점이 안 된다 이거군요."

"맞습니다."

경쟁해서 독점을 못 하게 하면 아무래도 한국항공은 비행기 가격을 올리는 데 주저하게 된다.

'실제로 기업들이 그런 경우야 흔하고.'

당장 최근에 시끄러운 배달 앱만 해도 그렇다.

지금이야 노형진이 만든 배달 앱이 있기에 독점이 아니지만 원래 역사에서는 배달 앱을 독일에서 모두 인수한 후에 터무니없는 가격으로 올려서, 나중에 정부에서 나서서 배달 앱을 만들어야 할 정도로 심각하게 폭리를 취했다.

"하긴, 이건 뭐 정부에서 대신 만들 수 있는 그런 것도 아니니까."

항공은 국내 기간산업으로 분류되지만 정부에서 나설 수 없는 일이다.

"그걸 알기에 정부에서 대륭에 구입해 달라고 했을 수도 있고요."

다만 대놓고 밀어주면 특혜 의혹이 나오니까 그동안 쉬쉬하던 범죄를 까는 방식으로 밀어준다는 것뿐.

"그러면 어찌해야 하나요? 한국항공에 포기해 달라고 해
야 하나요?"

"한국항공이 포기할 리가 없지. 그 집안 인간들이 어떤 인
간인지 몰라서 그러나?"

"하긴, 그 사람들 욕심이 좀 과하기는 하죠?"

"엄청 과하지."

한국항공의 가장 유명한 부분이 절대적 갑질이다.

마음에 안 든다는 이유로 기장을 항공기 내에서 끌어내어
두들겨 패는 일이 있을 정도로 그들의 갑질은 극단적이다.

"더군다나 비호도 많이 받고."

만일 미국에서 그런 짓을 했다면 볼 것도 없이 테러 혐의
로 잡혀가겠지만 검찰에서는 언제나처럼 집행유예를 내려
줬고, 갑질을 한 사람은 여전히 기업 운영을 계속하고 있는
상황이다.

"하긴, 그쪽 성향을 보면, 독점하면 거의 두 배 가까이 가
격을 올릴 것 같기는 하네요."

"두 배도 더 올릴걸."

"설마요."

'설마가 아니지.'

노형진은 겪어 봤으니까.

물론 한국에 있는 항공사가 한국항공만인 것은 아니다.

해외에서 들어왔다 나가는 외국 국적기도 있다.

하지만 그 숫자는 한국 사람들이 타기에는 충분하지 않기에, 한국항공은 오리엔탈항공을 인수한 후에 가격을 두 배 넘게 올렸다.

"비행기 가격은 정부에서 허가받아야 하는 거 아닌가요? 그렇게 알고 있는데."

"기장을 끌어내서 두들겨 패도 집행유예가 나오는 집안입니다. 그 정도 로비를 못하겠습니까?"

"하긴, 그건 그러네요."

핑계야 많다. 오랜 코델09바이러스 상황으로 인해 적자가 크다, 부채가 12조나 되는 기업을 운영하기 힘들다 등등.

그런 말을 하면서 뇌물을 적당히 주면 비행기 가격의 상승은 어렵지 않게 이루어진다.

"그걸 아니까 말도 안 되는 조건을 요구하는 건데……."

김성식도 곤란한 얼굴이 되었다.

다른 곳도 아닌 항공사를 상대로 어떤 방법을 써야 하나 고민만 늘어 갔다.

"일단은 한국항공이 물러나게 해야 한다고 생각합니다."

"한국항공이?"

"네. 우리가 어떤 방법을 써도, 한국항공이 구입한다고 하면 그건 방법이 없는 일이니까요."

"무슨 뜻인지는 알겠네."

누군가는 쥐도 도망갈 구석을 놔두고 몰아야 한다고 하지만 이 경우는 절대 그래서는 안 된다.

"하지만 그게 쉬울까요? 한국항공은 무리해서라도 살 생각인 모양인데."

그렇다고 경쟁을 붙여 비싼 가격을 부를 수도 없는 노릇이다.

"같이 올라갈 수 없다면 끌어내려야지요."

"하지만 어떻게요?"

"흠…… 일단은 한국항공의 범죄 사실부터 외부에 공표하는 게 어떨까 싶습니다만."

노형진의 말에 김성식은 고개를 갸웃했다.

"이해하기가 어려운데, 그걸 공개해 봤자 뭐가 바뀐다는 건가?"

"맞아요. 한국항공의 위법 사실이 공개된 거야 뭐 한두 건도 아니고."

"물론 일반적인 범죄 사실이라면 그렇지요."

한국항공의 사주들이 갑질을 하든 사기를 치든 사람을 죽이든, 한국의 검찰과 판사는 뇌물을 받고 그들을 풀어 줄 준비가 되어 있다.

당연히 그 상황에서 그들의 범죄 내역을 공개해 봐야 의미가 없다.

"하지만 다른 거라면 어떨까요?"

"다른 거?"

"네, 다른 거 말입니다. 가령 항공법 위반이라든가."

그 말에 눈이 커지는 김성식이었다.

그도 그럴 게, 항공법 위반은 아주 심각한 문제이기 때문이다.

항공법 위반의 경우는 처벌의 주체가 한국의 검찰이 아니다.

물론 한국에서 처벌을 하기는 한다.

하지만 그건 어디까지나 개인적인 영역에서의 문제고, 그렇지 않은 경우, 가령 기업 차원에서 불법적인 일을 하거나 원가절감을 목적으로 허술하게 운용하는 경우 국제항공협회에서 해당 기업의 운항을 정지시키는 경우도 제법 있다.

일단 국제항공협회에서 운영을 정지시키면 항공사는 심각한 타격을 입는다.

왜냐하면 비행기는 추락하면 어마어마한 숫자가 죽다 보니 그 사실이 소문나는 순간 사람들이 그 항공사 비행기에 탑승하지 않으려고 하기 때문이다.

"그걸 한다고?"

"안 할 것 같습니까, 한국 기업이?"

"하긴, 안 할 리가 없지. 얼마 전에도 밀수 사건이 한번 터졌지?"

"네. 기억하시네요."

"진짜 찰나의 순간이었지. 거의 기억 못 하기는 할 거야."

"밀수? 그게 뭔데요?"

김성식의 말에 고연미 변호사가 고개를 갸웃했다.

그녀의 질문에 노형진은 담담하게 말했다.

"항공사들이 대규모 밀수를 하다가 걸렸습니다."

"네? 밀수를요?"

"네. 항공기를 관리하는 건 회사니까요."

당연히 그 안에 몰래 물건을 적재하는 건 어려운 일이 아니다.

'실제로 항공사들의 사주들이 밀수를 하는 건 딱히 비밀도 아니고.'

비싼 가구부터 명품 가방까지, 해외에서 구입하여 비행기로 실어 오면 그만이다.

물론 항공 수화물은 모두 검색한 후에 해당되는 물건에 관세를 부여하는 게 규칙이다.

하지만 항공용품의 경우는 추적이 불가능하다.

몇 년 전까지만 해도 스튜어디스나 기장의 가방은 검사하지 않는 게 일반적이었기에 그걸 이용해서 보석에서부터 금괴, 심지어 마약을 밀수하다 걸린 직원들도 있었다.

"가방 하나 가지고 다닐 수 있는 인간들도 그러는데, 하물며 비행기를 통째로 컨트롤할 수 있는 기업에서 밀수를 안 하겠습니까?"

노형진의 말에 김성식도 고개를 끄덕거렸다.

"하긴, 밀수도 그런데 다른 거야."

하지 말라는 일을 모두가 하지 않는다면 세상이 얼마나 아름답겠는가?

부실 공사 하지 말라고 아무리 말해도 결국 누군가는 부실 공사를 하는 것처럼, 단가를 아끼기 위해 그들은 결국 불법 행위를 할 수밖에 없다.

"하지만 그걸 어떻게 공개해요? 공개할 사람이 없을 것 같은데요."

"그건 그렇지요."

한국에 그들에 대해 공개할 사람은 없다.

그도 그럴 게, 그들의 힘은 생각보다 강하기 때문이다.

막말로 누군가 밀수나 불법적인 행위에 대해 공개한다고 해도 그게 묻히는 건 순식간이다.

"내가 본 뉴스도 5분? 아니야. 3분 만에 사라졌을걸."

한국항공이 밀수한다는 탐사 보도.

그 보도는 나간 후에 잠깐 뜨는가 싶더니 갑자기 관련 뉴스까지 깡그리 사라졌다.

"그리고 그 기자가, 음…… 사고로 죽었다지?"

"네? 사고로 죽었다고요?"

"그래. 갑작스러운 교통사고로 죽은 걸로 알고 있어."

참으로 의심스러운 상황이지만 증거도 없이 살인이라고 할 수는 없는 노릇.

"그러면 더더욱 범죄를 공개할 사람은 없을 것 같은데요."

"물론 한 명이라면 그렇지요. 하지만 여러 명이라면, 아무리 한국항공이라 해도 섣불리 손대지 못할 겁니다."

"내부에서 터트릴까요?"

"제가 생각하는 사람들은 내부 인원이 아닙니다. 지금은 외부 사람입니다. 중국으로 이직한 사람들이거든요."

"아, 그 사람들? 얼마 전에도 뉴스에 나왔지."

"네."

중국의 항공사가 커지면서 막대한 돈을 받고 중국 항공사로 이직한 수많은 사람들.

그들은 코넬09바이러스가 터지면서 모조리 해직당했다.

중국 법원에 부당해고 등으로 소송하기도 했지만 중국 정부에서 구제해 줄 이유가 없었기에 그들은 이미 코너에 몰린 상황.

"그 상황에서 우리가 떡밥을 던진다면 관심을 가질 겁니다."

"흠……."

그 말에 김성식은 잠깐 고민하다가 고개를 끄덕거렸다.

"확실히 그러겠군. 하지만 그들을 다 구원해 주려고? 그건 힘들 것 같은데."

"아, 범죄를 제보하는 조건으로 그 사람들을 오리엔탈항공으로 데리고 가려고요?"

"아니요. 그건 아닙니다."

노형진은 고개를 흔들었다.

"일단 오리엔탈항공은 제 회사가 아니니 그럴 수는 없습니다."

소개야 해 줄 수 있지만 고용하라고 강제할 수는 없다.

더군다나 오리엔탈항공도 이미 일하는 사람들로 넘쳐 난다.

"그러면요?"

"중요한 건 시선을 그쪽으로 쏠리게 하고 다른 쪽을 치는 거죠."

"다른 쪽?"

"한국항공은 돈이 어디서 나서 오리엔탈항공을 구입하려고 하겠습니까?"

"그거야…… 흠, 그렇군."

아무리 한국항공의 자금력이 든든하다고 해도 결국은 항공사다.

전 세계의 항공사들이 비명을 지르는 상황에서 과연 그 정도 돈이 어디서 나오겠는가?

"그러게요. 한국항공은 이미지도 안 좋잖아요."

한국항공이나 오리엔탈항공이나 규모는 비슷하지만 이미지만 보면 오리엔탈항공이 더 좋다.

왜냐하면 한국항공은 오랫동안 사고를 쳐 왔고 수많은 갑질 사건을 일으켰기 때문이다.

심지어 회장 일가란 여자가 마음에 들지 않는다는 이유로 승무원을 폭행하고 비행 중인 항공기를 멈추게 하는 등의 말도 안 되는 짓거리까지 저질렀다.

"그에 반해 오리엔탈항공은 그런 일이 없죠."

오리엔탈항공의 사주가 착해서라기보다는, 말 그대로 한국항공이 끊임없이 문제를 일으켜서 묻혀 버린 것에 가깝지만 말이다.

실제로 오리엔탈항공의 사주가 스튜어디스를 마치 북한 기쁨조처럼 운영했다는 것은 딱히 비밀도 아니다.

다만 한국항공의 문제가 워낙 대단하다 보니 상대적으로 논란이 덜 된 것뿐.

오리엔탈항공의 잘못은 갑질이고 분명 범죄의 영역이지만, 한국항공의 잘못은 테러의 영역까지 올라가 버릴 정도니까.

"돈이라……. 하긴, 뭐 다른 건 다 넘어가도 돈은 결국 본질적인 문제긴 하지."

이 상황에서 한국항공이 오리엔탈항공을 살 돈은 없다. 그렇다면 남은 것은 단 하나, 바로 은행이다.

"뻔하죠. 은행에서 돈을 빌려서 오리엔탈항공을 사려고 할 겁니다."

현금으로 일시불로 2조짜리 오리엔탈항공을 살 정도로 한국항공이 돈이 많은 건 아니니까.

"거기다 빚만 12조입니다. 그걸 단시간 내에 갚을 수는 없죠."

하지만 사실상 한국의 하늘을 독점하게 되면 그 정도 버는 건 어려운 일이 아닐 것이다.

"그러니까 우리가 할 일은 그 돈이 나올 구멍을 막는 겁니다."

만일 은행에서 돈을 빌릴 수 없게 한다면 아무리 한국항공이라고 해도 오리엔탈항공을 인수하는 것은 불가능하다.

"흠, 확실히 이상하기는 하네요. 요즘 같은 시기에 은행에서 항공사에 2조나 빌려줄 리가 없는데."

"불법적인 방식을 통해 그걸 빌려준다는 거죠."

은행은 사업체에 돈을 빌려줄 때 그와 관련된 모든 심사를 한다. 당연히 채무 관계나 사업의 가능성 같은 것도 확인한다.

"그리고 사실상 한국의 항공 산업을 독점한다는 것은 그만한 가치가 있다는 뜻이죠."

가격을 두 배를 올리든 세 배를 올리든 누구도 막지 못하니까.

"그런데 우리가 먼저 은행에 손대려고 한다는 것을 소문낸다면 말입니다. 아마 저쪽에서도 다른 방법을 찾으려고 할 겁니다."

"그러면 방법은?"

"일단 시선을 돌린 후에 그들이 움직이지 못하게 조이면 됩니다."

노형진은 자신 있게 말했다.

"하지만 한국항공은 그걸 전혀 예상하지 못할 겁니다, 후후후."

⚖

노형진이 노린 건 다름 아닌 중국으로 이직한 사람들이었다.

의외로 한국의 항공 업계에는 중국으로 이직한 사람들이 엄청나게 많다.

그도 그럴 것이 중국이 갑작스럽게 성장했기 때문이다.

당연히 그로 인해 전문 인력이 어마어마하게 많이 필요해졌지만 그 숫자를 단번에 채우는 건 절대로 쉬운 일이 아니었다.

가령 비행기의 기장이라든가 비행기를 수리할 수 있는 전문가들은 키우고자 한다 해서 바로 키울 수 있는 게 아니다.

여객기를 몰기 위해서는 정해진 커리큘럼을 이수해야 하고 충분한 비행시간을 가지고 있어야 한다.

공산주의 국가인 중국에서 그런 사람들은 드물다.

문제는 중국이 갑자기 성장하면서 해외여행 등을 할 여유가 생겨 자연스럽게 그 기장과 정비 요원의 숫자가 부족해졌다는 것.

그러자 중국에서는 그런 사람들을 한국에서 빼내기 시작했다.

그래서 지금의 중국에는 어마어마한 숫자의 기장들과 정비사들이 있다.

정확하게는, '있었다'.

"미치겠네."

중국의 차이나스카이라인의 기장이었던 김주상은 입술이 바짝바짝 말랐다.

그도 그럴 게, 그의 비행 자격이 박탈되기 직전이기 때문이다.

"망할 짱깨 새끼들을 믿는 게 아니었는데."

원래 한국항공의 기장이었던 그는 중국의 차이나스카이라인에서 이직하면 연봉의 세 배를 준다는 제안을 듣고 그 조건을 받아들여서 중국으로 떠났다.

조건은 연봉 5억에, 최소 10년 이상 고용 유지였다.

그렇잖아도 한국항공에서 온갖 갑질을 당하고 병신 취급받던 그였다.

사회적으로 보면 분명 항공사의 기장은 성공한 사람이지만 그건 어디까지나 사회적인 부분이었다.

항공사에서는 그를 노예로 취급했다.

특히 스튜어디스를 일종의 회장님의 기쁨조로 취급하는

경우가 많았기에 그 꼴을 보면서 이를 박박 갈았었다.

"중국에서 손절 치는 건 예상 못 했는데."

다들 그런 그를 배신자라고 욕했지만, 겪어 보면 말이 안 나오는 한국항공의 행동에 그는 오만 정이 떨어진 상황이었다.

그런데 그가 중국으로 이직하고 나서 얼마 지나지 않아 코델09바이러스가 터졌고 전 세계가 국경을 봉쇄하기 시작했다.

당연히 항공 업무는 완전히 줄어들었다.

그러자 중국은 뻔뻔하게 한국에서 데리고 온 사람들을 모조리 잘라 버렸다.

"김 기장님은 아직도 못 구했어요?"

"어, 박 정비사 왔어? 박 정비사는 어때?"

"저야 뭐……."

그는 어깨를 으쓱했다.

하긴, 이 시간에 이 술집에 왔다는 것 자체가 아직 자리를 못 구했다는 의미이기는 하다.

"돌겠네. 중국 놈들 믿는 게 아니었는데."

"진짜 이렇게 칼같이 손절 할 거라고는 생각도 못 했죠."

"도대체 계약서는 왜 쓴 거야?"

계약서에 10년간 고용 보장이라고 되어 있기에 당연히 그에 따라 소송을 걸었지만 중국의 법원은 예상대로 그걸 완전히 무시하고 정당한 해고라고 판결했다.

그 때문에 김주상은 한국으로 내쫓기다시피 와야 했다.

"그래도 저야 뭐 나중에라도 자리를 구하겠지만 김 기장님은 큰일이네요. 얼마 안 남았죠?"

"그렇지. 그래서 미치겠어."

원래 기장은 항공 비행 자격증을 가지고 있어야 한다.

문제는 이 항공 비행 자격증이라는 게 한 번 따면 계속 가지고 있을 수 있는 자격증이 아니라는 거다.

법적으로 정해진 비행시간을 맞추지 않으면 자연스럽게 취소되어 버린다.

당연히 그게 없으면 항공 자격증이 취소되며, 그때는 항공사 취업도 불가능해진다.

물론 정상적인 상황이라면 장거리 비행 한 번만 뛰어도 이 시간은 채워지기 때문에 문제 될 게 없다.

그런데 지금은 코델09바이러스로 인해 아예 이륙 자체를 하지 못하고 있다.

거기다가 중국에서 가차 없이 잘라 버리는 바람에 근 시일 내에 비행시간을 맞추지 않으면 자격증은 효력을 상실한다.

"하지만 누가 태워 주겠느냐고."

어떤 미친놈이 직업도 없는 그의 시간을 채워 주기 위해 비행기를 몰게 해 주겠는가?

"미치겠네, 진짜. 이럴 줄 알았으면 그냥 장기 신청할걸."

원래 그는 공군이었다. 그러나 정해진 기간을 마치고 계속 장기를 할 생각은 없었다.

이것이 법이다

밖으로 나오면 적지 않은 돈을 주는데 미쳤다고 공군에서 생산된 지 40년이 넘은 고물 비행기를 몰고 있겠는가?

더군다나 1년에도 한두 번씩 추락해서 사망자가 나오는 비행기가 아닌가? 재수 없으면 다음 추락은 자신이 될 수도 있었다.

당연히 그만두고 나왔는데 설마하니 코델09바이러스가 터질 줄이야.

"저야 뭐 그나마 그런 게 없다지만……."

전 세계적으로 사용되는 항공기는 정해져 있기 때문에 정비사의 경우는 코델09바이러스 사태만 종식되면 그 후에라도 취업이 가능하다. 하지만 비행사는 자격증이 없으면 취업도 불가능하다.

"젠장…… 어쩌지? 어쩌지?"

김주상이 고민하는 걸 본 정비사가 목소리를 낮추면서 말했다.

"원래 이런 말 하면 안 되는데……."

"응, 뭔데?"

"이번에 말입니다, 마이스터에서 한국항공을 엿 먹이려고 한다는 이야기가 있어요."

"한국항공을 엿 먹여? 뜬금없이?"

"네. 그쪽에서 저지른 불법이나 항공법 위반에 대해 증언해 주면 취업 자리를 알선해 준다고 하더라고요."

"아니, 항공법 위반 사실?"

그 말에 김주상이 눈을 찡그렸다.

당장 머릿속에 떠오르는 일이 한두 개가 아니었다.

"그걸 왜, 뜬금없이?"

"오리엔탈항공 있잖아요. 그거 인수 관련해서라고 하던데요?"

"오리엔탈항공?"

"네."

"으음……."

오리엔탈항공이 매물로 나온 지는 오래되었다. 하지만 터무니없는 조건과 코델09바이러스 상황으로 인해 안 팔리고 있을 뿐이었다.

상식적으로 지금 상황에서 누가 항공사를 사려고 하겠는가?

"하지만 아직 산 건 아니잖아."

만일 오리엔탈항공이 이미 넘어갔거나 했다면 자신의 자리를 위해서라도, 그리고 자격증을 위해서라도 내부 고발을 할 수 있었다.

어차피 한국항공에서 당한 온갖 더러운 갑질에 대해서는 지금도 이를 박박 가는 상황이니까.

"그게 언제 인수될지도 모르는데 당장 급한 건 나라고."

자격증이 취소되면 그는 그냥 나가리 되는 거다.

오리엔탈항공쯤 되는 회사의 인수는 1년은 넘게 걸릴 테니 그는 갈 기회조차도 없다.

"아, 그것 때문에 저도 재미있는 이야기를 들었는데요. 마이스터에서 그와 관련해 자기네 비행기를 빌려주겠다고 한대요."

"자기네 비행기?"

"아스가르드가 있잖아요!"

"아!"

노형진의 전용기인 아스가르드는 대형 여객기를 개조한 비행기다. 당연히 그걸 모는 건 비행시간을 채우는 걸로 인정된다.

"아니, 아스가르드는 지금 비행 안 하는 거 아냐?"

"물론 다른 나라는 못 가고 국내 순회 비행만 할 수 있을 거라고 하기는 하는데요, 중요한 건 그게 아니잖아요."

"그건 그렇지."

중요한 건 비행시간을 채울 수 있다는 거다. 그리고 자신의 자격증을 지킬 수 있다는 것.

"하지만 한국항공이라니."

그러나 걱정이 없는 건 아니었다.

그도 그럴 게, 다른 곳도 아닌 한국항공이다. 온갖 갑질과 범죄를 저지르고도 단 한 번도 처벌받지 않은 놈들이 바로 그들이다.

'지난번 사건도 그렇고.'

김주상이 한국항공을 그만두게 된 가장 큰 이유. 그건 한국항공에서 그에게 밀수를 강요했기 때문이다.

그가 운전하는 비행기에 보석을 숨겨서 가지고 오라고 압력을 행사했는데, 혹시나 그게 걸리면 인생이 박살 나기에 거절했다.

그리고 그날부터 김주상은 뜬금없이 한직으로 내몰렸다.

비행도 거의 안 잡히고 지상에서 뺑뺑이만 돌렸다.

'개 같은 새끼들. 그러고 보니 그때랑 똑같네, 씨팔.'

실제로 그 당시에 김주상은 비행 자격증이 위험하기에 회사에 자격증 유지를 위해서 최소한의 비행이라도 시켜 달라고 요구했지만 그들은 그럴 생각이 없었다.

그냥 자를 수는 없으니, 비행시간을 안 주고 자격증이 취소되면 그때 자를 생각인 게 분명했다.

즉, 김주상이 원해서 한국항공을 그만둔 게 아니라 한국항공에서 그를 버렸기에 어쩔 수 없이 중국에 가게 된 상황이었다.

"확실해? 진짜로 비행기 빌려준대?"

"저도 그냥 소문을 들은 것뿐이에요. 하지만 박 기장님이 얼마 전에 비행 마치고 왔다고 하던데요."

"박 기장이?"

자신과 비슷한 처지의 박 기장도 자신처럼 시간을 채우지 못하고 있다는 소리는 들었다.

그런 상황인데 비행을 했다?

"그, 필요한 게 뭔지 알아?"

"뭐, 저야 모르죠."

어깨를 으쓱하는 정비사.

"하지만 찾아보면 알 수 있지 않겠습니까?"

그 말에 김주상은 침을 꼴깍 삼켰다.

⚖

"뭐? 우리 비밀을 알아내려고 하고 있다고?"

한국항공의 사주인 조숭원은 생각지도 못한 이야기에 깜짝 놀랐다.

"아니, 왜?"

"그건 모르겠습니다. 다만 우리 측과 관련된 사람들을 찾아다니면서 불법행위나 항공법 위반 사항을 확인하고 있다고 합니다."

"이런 젠장."

그 말에 조숭원 회장은 등골이 서늘해졌다.

다른 곳도 아니고 자신들의 약점을 캔다니.

"마이스터에서 정보를 캐는 게 확실한 거야?"

"네, 확실합니다. 마이스터가 맞습니다."

"미치겠네."

마이스터에서 정보를 모은다는 것은 생각보다 위험한 일이다.

그것도 이렇게 대놓고 정보를 모은다?

"아무래도 적대적인 주가조작이 아닐까요?"

"끄응, 그럴 수도 있지."

주가의 하락에 베팅하고 그 후에 뭔가 불법적인 행동에 대해 공개함으로써 주가의 폭락을 유도하는 것은 투자 업계에서 딱히 비밀도 아니다.

그렇잖아도 항공 업계가 개판인데 마이스터에서 그런 공격을 할 경우 진짜로 치명타가 될 수도 있는 상황.

"도대체 어떤 불법적인 부분을 모으고 있다는 거야?"

"일단 다른 곳으로 이직했던 사람들 위주로 만나고 있다고 합니다."

"다른 곳으로 이직? 중국에 간 놈들?"

"네."

"젠장, 빌어먹을 배신자 새끼들!"

"회장님, 이대로 그냥 당하면 안 됩니다. 어떻게 해서든 입을 막아야 합니다."

"무슨 수로? 한두 명도 아니고, 지난번처럼……."

순간 조승원은 아차 해서 하던 말을 멈췄다.

자신을 바라보는 다른 사람들의 시선에 불편함을 느낀 그는 화를 버럭 냈다.

"아니, 그러니까 지난번처럼 돈을 줄 수 있는 것도 아니잖아!"

애써 말을 돌려서 그런지 다들 별다른 말은 하지 않았다. 하지만 일부는 불안해하는 눈치를 보였다.

"일단은 이직한 놈들을 재고용하는 게 어떨까요?"

"이직한 놈들을 고용하자고? 그 새끼들을? 그 새끼들은 배신자 새끼들이야!"

"하지만 그들이 입을 열면 피해가 커질 수 있습니다."

이직을 한 사람들이 중국으로 갔다가 손절을 당한 건 조승원도 알고 있는 부분이었다.

하지만 조승원은 그들을 구제해 줄 생각이 전혀 없었다.

인원이 부족한 거라면 모를까, 전 세계에서 항공 쪽 인원이 넘쳐 나는 상황이다. 그의 인성과 상관없이 대체 인원이 넘쳐 나는데 한번 회사를 그만두고 나간 놈들을 다시 고용할 이유는 없었다.

"이미 걸릴 게 너무 많습니다."

이사 중 한 명이 약간 곤혹스러운 얼굴로 말했다.

그도 그럴 게, 회장 일가만 밀수를 한 게 아니니까.

'씨팔. 마약 밀수한 게 걸리면 다 죽는 거라고.'

비행기 내부에 밀수한 마약을 숨겨 오는 건 어려운 일이 아니다. 포섭해 둔 직원 한 명이면 수십 킬로그램씩 가지고 들어올 수 있다.

거대한 비행기를 모두 감시할 수 있는 건 아니기에 그렇게 조금씩 가지고 온 마약의 양은 상당했다.

그러니 그게 걸리기라도 하면 진짜 기업이 휘청할 수도 있다.

"끄응······."

사실 한국항공의 이미지는 좋지 않다.

좋을 수가 없다. 오너 일가가 갑질로 유명한 놈들이니까.

"젠장, 어디 개돼지 새끼들이······."

조승원은 분노로 부들부들 떨었지만, 딱히 방법이 있는 건 아니었다.

"전부 고용해."

"네?"

"전부 다시 고용하라고. 아가리는 닫게 만들어야 할 거 아냐."

조승원의 말에 이사들은 안도의 한숨을 내쉬었다.

하지만 그들은 몰랐다, 이 모든 게 시작이라는 것을.

이건 훼이크다, 병시나

"다시 고용하기 시작했다고요?"

"그렇다네요."

"흠, 다급하기는 한 모양이네요."

고연미 변호사가 만나러 간 제보자가 한국항공에 다시 출근하게 되었다면서 공개하지 말아 달라고 부탁했다는 이야기에 노형진은 잠깐 생각에 빠졌다.

"켕기는 게 한두 개가 아닌 모양인데."

노형진은 머리를 북북 긁었다.

일반적으로 자기 회사를 그만두고 나간 사람을 다시 고용하는 경우는 그다지 없다. 인재가 없다면 모를까, 인재가 있다면 더더욱 그렇다.

지금은 자리만 구할 수 있다면 전 세계에서 사람들이 몰려올 시기인데 그걸 알면서도 과거에 중국으로 이직한 사람들을 재고용했다?

　"뭐, 우리 계획대로 돌아가는 것 같네요. 일단 고연미 변호사님은 그쪽이랑 계속 접촉하세요."

　"네? 어째서요?"

　"이번이 갑질을 꺾을 수 있는 유일한 기회니까요. 최소한 그로 인해 한국항공이 이쪽으로 신경 쓰지 못하게 만들어야 합니다."

　"우리가 접촉한다고 해서 과연 입을 열까요?"

　노형진은 그 말에 미소를 지었다.

　"물론 아니겠지요. 하지만 그들은 이미 한번 한국항공으로부터 손절당했습니다. 아마 상황이 나아지면 자기들이 또 내쫓길 수도 있다고 생각할 겁니다."

　"음, 그건 그런데……."

　"그러니까 거기 노조와 접촉하세요. 정확하게는, 새로운 노조를 창설하라고 하는 겁니다."

　"새로운 노조? 아! 그러네요. 우리가 목표하는 건 애초에 한국항공이 다른 쪽으로 시선을 돌리지 못하게 하는 거였으니까……."

　"맞습니다."

　한국항공을 그만둔 사람들의 공통적인 이야기가 뭐냐면,

최소한 사람 취급은 받고 싶다는 말이었다.

그만큼 한국항공의 갑질은 소문나 있었다.

"상황이 급해서 굽실거리고 들어갔지만 반대로 이번에는 저쪽에서 요구해서 입사한 겁니다. 어떻게 보면 판을 뒤집을 수 있는 상황이 된 거죠."

전에는 뭘 터트린다고 해 봐야 순식간에 묻혀 버리고 자기들만 자살로 내몰렸다.

하지만 그 비밀을 원하는 사람이 있고 그들이 한국항공에 치명타를 입힐 수 있는 힘을 가지고 있다면?

"어차피 한국항공의 노조는 어용 노조니까요."

만일 그렇지 않다면 그들이 그렇게 이를 박박 갈 리가 없다.

"그러네요. 새로 입사한 사람들이 새로운 노조를 만든다고 하면 한국항공은 엄청 쫄리겠네요."

아마 한국항공은 당분간 이쪽에서 뭔 짓을 하려고 할지 전혀 예상도 못 할 거다.

"그사이에 은행을 조사하면 될 겁니다."

"은행이라고 하면 어딜까요?"

"일단 한국항공의 주거래은행이 황금은행이니까 거기겠지요."

황금은행은 단순히 주거래은행이 아니다. 한국항공의 사돈이 되는 집이기도 하다.

"한두 푼도 아니고 2조입니다. 현재 한국항공의 보유 자산이 얼마인지는 모르지만 2조가 안 될 거라는 건 확실하죠."

더군다나 이건 상대방 회사를 통째로 구입하는 거다.

상대방 회사에 원청이 남아 있다면 좀 나눠서 납부할 수도 있겠지만 이 거래를 끝으로 오리엔탈항공, 아니 동방운송그룹은 사라진다.

'거기다 황금은행은 원래 역사에서도 2조 원의 돈을 융통해 준 회사고 말이지.'

"아마 1금융권에서는 대출이 안 되겠지요."

황금은행. 정확한 명칭은 황금저축은행.

그러니까 2금융권으로 분류되는 곳이다.

원래 이런 거래를 할 때는 1금융권에서 돈을 빌리는 게 일반적이다. 하지만 불확실한 사업에 무려 2조나 되는 돈을 1금융권에서 쉽게 빌려줄 리가 없다.

"더군다나 정부에서도 그 부분에 관해서는 상당히 세세하게 관리하니까요."

1금융권의 파워가 워낙 세다 보니까 의외로 정부에서 감시가 상당히 많이 들어온다.

물론 3~4천억 정도는 1금융권을 통해 빌릴 수 있을지도 모른다. 하지만 무려 2조다.

상식적으로 자신과 체급이 비슷한 기업을 다른 회사가 인수한다는 건데 그게 쉽게 대출 허가가 날 리가 없다.

더군다나 지금 정부는 한국항공이 오리엔탈항공을 인수하는 것을 아주 안 좋게 생각하는 상황.

그 상황에 과연 1금융권에서 전액을 빌릴 수 있을까?

"그건 힘들 겁니다."

실제로 오리엔탈항공이 매물로 나온 건 2018년이다.

한국항공은 매번 오리엔탈항공 인수에 관심을 내보이면서 적극적으로 나섰지만 원래 오리엔탈항공을 인수하기로 결정된 것은 그들이 아니라 건설사였다.

그 내면을 보면 국가 기간산업에 대한 독점을 원하지 않는 정부의 입김이 강하게 작용했다는 걸 알 수 있다.

"하지만 지금으로서는 파산 말고는 답이 없어 보이니까요."

그걸 알기에 정부로서도 최후의 선택으로 대룡에 인수 의사를 타진한 것이다.

"그러면 황금저축은행을 어떻게 해야겠네요?"

"뭐, 직접적으로 건드리는 건 힘들죠."

황금저축은행은 어찌 되었건 은행이다. 현대사회에서 은행이 망하는 것은 피해가 심각해질 수 있는 사항이다.

"그러니까 일단은 다른 방법을 써야지요."

황금저축은행만 막을 수 있다면 사실상 한국항공이 돈을 구할 수 있는 방법은 없으니까.

"그러면 어떻게 하시려고요?"

"어떻게 하긴요, 대출해야지."

노형진은 씩 하고 웃었다.

유민택은 자신을 찾아온 노형진의 말을 듣고는 기가 막혔다.

"뭐? 황금저축은행에서 대출을 하라고? 그 돈, 대출받지 않아도 오리엔탈항공의 인수 비용을 낼 정도 여력은 되네만."

1금융권도 아니고 2금융권에서 대출을 받으라는 노형진의 말에 말도 안 된다는 듯 눈을 찡그리며 대답하는 유민택.

노형진은 그런 그에게 좀 더 자세하게 계획을 설명해 줬다.

"네, 알고 있습니다. 하지만 우리가 승리하기 위해서는 약간의 손실을 감수하는 것도 방법입니다. 어차피 황금저축은행의 자산은 정해져 있으니까요."

아무리 황금저축은행이 저축은행치고는 크다고 해도 결국 저축은행이다. 1금융권과 비교해서 금액이 충분하지 않다.

"아마도 황금저축은행의 규모를 생각하면, 대룡에 대출해 주면 추가 자금은 없을 겁니다."

"아무래도 그러겠지. 요즘 시중의 돈이 마른 시기니까."

"네, 그리고 거기에서부터 문제가 생길 겁니다."

대룡과 한국항공의 규모는 비교 자체가 불가능하다. 일단 한국항공은 대출을 받아 간다고 해도 갚는 데 얼마나 걸릴지 알 수 없다.

"더군다나 코델09바이러스 상황에서는 더더욱 그렇지요. 하지만 대룡은 아닙니다. 코델09바이러스 상황에서 더 많은 돈을 벌어들이고 있죠."

미국에서 벌어들이는 돈. 거기다 미리 준비한 수많은 방역 용품들까지.

"아마 황금저축은행과는 이야기가 되어 있을 겁니다. 하지만 대룡에서 먼저 대출을 신청하면 어떻게 되겠습니까?"

"거부하기 애매해지겠군."

"맞습니다."

미래의 채무 상환 능력도 그리고 이자 상환 능력도, 대룡이 훨씬 뛰어날 수밖에 없다.

"한국항공과 황금저축은행 사이에 무슨 이야기가 되어 있는지 모르지만 확실한 건, 이자율이 그다지 높지는 않을 거라는 거죠."

"하긴, 대룡이라면 거기에서부터 확실히 유리하지."

좀 더 높은 이자율이라고 해도 충분히 지급할 수 있는 게 바로 대룡이니까.

"만일 황금저축은행에서 대출을 거부한다면 그로 인해 내부에 있는 사람들이 들고일어나게 될 겁니다."

현재 한국에서 가장 믿을 만한 곳이 바로 대룡이니까.

"그래도 우리를 거부할 가능성은 있지 않나?"

"그건 그렇지요. 하지만 그렇게 되면 결국 한국항공에도 대출은 해 주지 못하게 됩니다."

"어째서?"

"무조건 거절할 수는 없으니까요."

당연히 핑계가 필요하다. 그런데 과연 그 핑계 중에 대룡이 한국항공보다 훨씬 불리한 핑계가 있을까?

"그리고 대룡은 한국의 거대한 기업입니다. 약간의 압력을 행사할 수도 있죠."

"압력?"

"네. 대룡의 대출을 거부할 수야 있겠지요. 하지만 그 후에 한국항공의 대출은 승인해 준다면, 대룡에서 조사를 요청할 수 있습니다."

"아!"

황금대출은행이 한국항공에 대출을 해 줬다고 대룡에서 다짜고짜 불법이라고 할 수는 없다. 제3자니까.

"하지만 훨씬 유리한 조건과 상환 능력을 가지고 신청했는데도 대출을 거부당한 전적이 있다면, 대룡 입장에서는 부실 대출에 대해 의혹을 제기할 수 있게 되는 거죠."

"부실 대출이라……."

"그리고 아시겠지만 한국의 저축은행은 여러 가지로 위험한 부분이 많습니다."

실제로 파산한 곳도 있고 부당 대출 건으로 인해 여러 번 걸리기도 했다.

물론 저축은행들이 이자가 워낙 세다 보니 여전히 이용하는 사람들이 많지만, 그렇다고 해서 과거의 범죄가 사라지는 건 아니다.

"재벌들 사이에서도 계급이 있다는 걸 아실 겁니다. 특히 한국항공은 애매하죠."

"하긴, 애매하기는 하지."

웃긴 일이지만 한국항공은 대기업은 아니다. 직원은 1만 명 정도이고, 그룹이라고 하지만 사실상 항공사를 제외하고는 거의 수익이 나지 않는 게 현실이다.

"한국항공은 같은 재벌 취급받기 힘들지."

물론 한국의 기간산업인 항공을 이끌어 가는 사람들이니까 대기업 대우를 해 주지만 수익이나 구조를 보면 중견급, 그것도 좀 아래에 위치한 급으로 봐야 했다.

"그리고 재벌가들은 등급에 맞는 사람들을 만나려고 하지요. 아마 한국항공은 딱 황금저축은행 정도 되는 수준이겠지요. 아, 그러고 보니 영민이는 아직도 여자 친구 없답니까?"

노형진의 말에 유민택이 피식 웃었다. 뜬금없는 말이지만 노형진은 그런 질문을 할 자격이 있는 사람이니까.

그가 아니었다면 아마 자신도, 유영민도 죽었으리라.

"제 아비는 여자라면 눈을 뒤집고 따라다녔는데 다행히 제 엄마를 닮았나 봐. 딱히 이성에는 관심이 없는 것 같더군. 이 거야 원 전생에 스님이라도 되는 건지."

"생각해 둔 사람이 없으신 겁니까?"

"글쎄, 없는 건 아닌데 자네도 알다시피 대부분 생각이 좀…… 그래."

"무슨 뜻인지 알겠네요."

유영민의 경우는 재벌가로 보면 4세대로 분류될 수 있다.

다만 유민택과 대룡이 늦게 성공한 그룹인지라 이쪽에서 보면 3세대지만, 다른 곳은 비슷한 나이의 아이들이 4세대로 분류된다.

"대가리에 똥만 찬 놈들이 그득하니 원."

"어쩔 수 없죠."

스스로 고생해 본 적도 없고 돈을 벌어 본 적도 없는 게 4세 대니까.

3세대 재벌가만 해도 온갖 삽질을 하는 판국에 4세대에서 제대로 된 사람을 구하는 건 확률적으로 무리다.

정확하게 말하면 그들은 배우는 건 많아도 현실에 대한 통 찰력은 없다고 보는 것이 맞다.

뭘 해도 그룹 차원에서 밀어주니까.

문제는 그렇게 하는데도 불구하고 망한다는 것이다.

당장 한국항공 역시 마찬가지다.

항공사의 경영인쯤 되면 항공법이 얼마나 중요한지 알지만, 자기 기분이 나쁜 게 우선이니까 비행 준비를 하던 기장을 끌어내리는 미친 짓도 하는 거다.

심지어 연예인에게 실수해 놓고 감히 자기들에게 안 좋은 소리를 했다고 사회적으로 매장한 경우도 있었다.

모 연예인이 좌석을 예매한 후에 비행기를 타러 갔는데 항공사에서 실수로 1등석을 동명이인에게 발급했던 것.

한국항공은 처음에는 사과했고, 그 연예인은 어쩔 수 없이 이코노미라도 타고 가겠다고 했지만 갑자기 자리가 없다는 이유로 강제로 비행기에서 끌어내렸다.

그에 대해 항의하자 한국항공은 자기 잘못은 싹 다 감추고 해당 연예인이 내부에서 갑질과 성추행을 했다고 언론 플레이를 한 뒤 방송국에 압력을 행사해서 아예 업계에서 매장해 버렸다.

당연하게도 그렇게 성추행했다고 언론 플레이를 했음에도 정작 성추행을 당했다는 피해자는 등장하지 않았으며, 언론에서만 피해자가 없는 성추행을 외쳐 댔다.

사실 사건 자체는 누가 봐도 한국항공의 잘못이었지만 한국항공은 그냥 자기들을 건드린 사람 하나 묻어 버리는 건 자신들의 당연한 권리라고 생각한 것이다.

"자칫 그런 아이가 오면 우리 회사가 망할까 봐 걱정이야."

"그렇다고 아무나 데리고 올 수도 없고요."

유영민은 스물두 살. 이제 미래를 생각할 나이이기는 하
다.

"뭐, 이야기가 딴 곳으로 샌 것 같지만 일단 중요한 건 그
거군. 우리가 먼저 대출을 신청하는 것."

"네, 맞습니다."

그리고 그걸 거절당하면 당당하게 항의할 자격을 가질 수
있다.

"아마 한국항공은 난리가 날 겁니다, 후후후."

⚖

황금저축은행.

한국에 있는 저축은행 중에서는 생각보다 큰 곳이다.

물론 그렇다고 해서 1등급 시중 은행보다 큰 것은 아니지
만 말이다.

그래도 작지 않은 규모의 저축은행이기에 어찌어찌해서 2조
정도는 구할 수 있는 그런 회사였다.

그래서 사돈인 한국항공과 손잡고 오리엔탈항공을 살 계
획을 세웠다.

한국항공이 오리엔탈항공을 인수하면 어마어마한 수익을
만들어 낼 수 있으니까.

그렇게 은밀하게 자금 대출과 관련해 계획까지 다 세워 둔 상태였다.

그런데 생각지도 못한 말이 황금저축은행의 대표인 황동인을 멘붕에 빠트렸다.

"뭐라고? 대룡에서 대출 신청을 해 왔다고?"

황동인은 믿을 수가 없어서 다시 물었다.

"네, 대룡에서 지금 미국에 있는 자산을 담보로 대출을 신청했습니다."

"미국에 있는 자산? 미국에 무슨 자산이 있지?"

"미국 병원들 말입니다."

"미친! 진짜 미친 거 아냐?"

미국의 병원, 즉 의료 재단은 지금 엄청나게 돈을 긁어모으고 있는 상황이었다.

코넬09바이러스로 인해 환자가 폭발적으로 늘었는데 그걸 체계적으로 커버하는 곳은 대룡과 노형진이 세운 의료 재단이 거의 유일했으니까.

당연히 재단 하나만 담보로 잡아도 2조의 가치를 훌쩍 넘는다.

"그런데 왜 우리한테 빌려 달라는 거야? 애초에 정부에서 원한 건 대룡이 마이스터에서 돈을 빌려서 오리엔탈항공을 인수하는 거잖아?"

황금저축은행 정도의 규모가 되면 어떤 식으로든 정보가

들어올 수밖에 없다.

당연히 황동인도 정부에서 독점을 막기 위해 대룡에 인수 의사를 타진한 것은 알고 있었다.

그리고 대룡은 마이스터와 친밀하고, 마이스터 정도 되면 2조 원 정도는 쉽게 대출할 수 있는 규모를 가지고 있기에 당연히 마이스터에서 대출받아서 인수할 거라 생각했다.

"그런데 왜 하필 우리야?"

"글쎄요…… 모르겠습니다, 솔직히."

마이스터가 아니라고 해도 다른 은행들도 넘쳐 난다.

2조를 빌리기 위해서는 사돈이라는 인맥을 써야 하는 한국항공과 다르게 대룡은 어디든 1급 은행에서 돈을 빌릴 수 있다.

"환장하겠네."

황동인은 눈을 찡그렸다.

"이걸 어떻게 해야 할까요?"

"어떻게 하긴. 당연히 빌려주지 말아야지. 이미 사돈댁이랑 이야기가 다 되어 있다고!"

이미 한국항공에 대출해 주기로 이야기가 다 되어 있다.

그런데 상식적으로 대룡에 대출해 준 후에 나중에 다시 한국항공에 대출해 줄 수는 없다.

설사 그게 아니라고 할지라도 자신들이 양쪽 다 돈을 빌려 줄 만큼 자금이 여유로운 것도 아니다.

이것이 병이다

"환장하겠네, 진짜."

황동인은 입술이 바짝바짝 탔다. 하지만 그가 지금 할 수 있는 건 없었다.

"무조건 거절해."

"네?"

"무조건 거절하라고. 오리엔탈항공이 대룡에 넘어가게 할 수는 없어."

오리엔탈항공은 어떻게 해서든 한국항공이 먹어야 한다.

그래야 독점할 수 있고 그래야 황금저축은행도, 한국항공도 성장할 수 있다.

"하지만 이거 조건이……."

다른 곳도 아닌 대룡이다. 조건을 비교할 수도 없는 일.

"무조건 안 된다고 해!"

하지만 황동인은 요지부동이었다. 그리고 그건 노형진이 예상하고 있던 일이었다.

⚖️

"그래서? 거절당했다고요?"

"그렇다고 하더군. 허, 진짜 어이가 없어서."

유민택은 진심으로 어이가 없었다.

다른 곳도 아닌 대룡이다. 대룡에서 과연 2조를 확보하지 못해서 대출하려는 걸까?

아니다. 안정적인 자금 운영을 위해 그런 거다.

그런데 거절이라니.

"뭐, 이걸로 한 가지는 확실해졌네요. 예상대로 한국항공과 거래했을 겁니다. 그리고 그 돈을 빌려주기로 한 것일 테고요."

"자네 말이 맞을 걸세. 그게 아니라면 거절할 이유가 없지."

세상에 안전한 사람에게 돈을 빌려주는 은행은 봤어도 위험한 사람에게 돈을 빌려주는 은행은 못 봤다.

"아마도 그쪽에서는 어떻게 해서든 한국항공에 돈을 빌려주려고 할 겁니다."

"그러면 자네가 전에 썼던 그런 방법은 어떤가?"

"뱅크런요? 힘들죠."

막대한 돈을 넣었다가 한 번에 빼는 방법으로 뱅크런을 시킬 수는 있다. 한번 그런 방법으로 피해를 준 적도 있다.

"하지만 지금은 안 됩니다. 코델09바이러스 때문에 많은 사람들이 힘들어하는 상황입니다. 뱅크런을 일으키는 거야 어렵지 않습니다만, 아무리 저축은행이라고 해도 황금저축은행 정도의 규모가 되는 곳에서 뱅크런이 발생하면 경제에 치명타가 옵니다."

물론 경제가 버틸 수 있는 상황이라면 주저 없이 그런 방법을 쓰겠지만 지금은 그걸 버틸 수 있는 상황이 아니니 문제인 거다.

"그러면 우리 돈으로 인수해야 하나?"

"아, 물론 그건 나중 문제죠. 일단은 한국항공이 대출을 못 받게 하는 게 우선이니까요."

"어떻게?"

"거절당했으니까 그걸 경제 잡지에 내보내는 겁니다."

"경제 잡지에?"

"네, 아 다르고 어 다른 게 바로 언론이니까요."

"이해가 안 가네만?"

"상식의 선에서 생각하면 된다는 거죠. 지금 상황에서 황금저축은행과 한국항공이 사돈 집안이라는 걸 아는 사람은 거의 없습니다."

당연한 거다. 그걸 외부로 공표하면서 결혼하기에는, 서로 인맥이 끈끈하다는 걸 자랑하는 꼴밖에 안 된다.

그렇게 되면 나중에 대출받게 될 때라도 부당 대출 이야기가 나올 가능성이 크다.

"실제로 부당 대출이잖나?"

"맞습니다. 부당 대출이죠. 하지만 중요한 건 그걸 사람들이 모른다는 겁니다. 그러니까 사람들이 봤을 때는 이 사실에 대해 이상하게 생각하게 되는 거죠."

대룡의 대출 신청을 황금저축은행이 거절했다. 그건 확실히 이상한 일이기는 하다.

"그러면 가능성은 두 가지입니다."

하나는 부당 대출이 예정되어 있다는 것. 다른 하나는?

"2조 원이 없다는 거죠."

"응?"

"그들의 믿음을 없애는 방법은 뱅크런뿐만이 아닙니다. 확실하게 돈이 되는 것도 거부하는 것. 그건 그 기회를 잡을 수 없을 정도로 돈이 없다는 소리이기도 합니다."

"하지만 황금저축은행이라면 2조 원 정도는 커버 가능할 텐데?"

"물론 그렇지요. 하지만 그걸 증명하는 건 다른 문제죠."

"아! 무슨 소리인지 알겠네."

대룡이라는, 확실히 돈이 되는 기업의 대출을 거부했다. 그리고 그걸 뉴스에 내보낸다면?

"왜 대출을 거부했는지에 대한 분석이 시작될 겁니다."

결과는 이미 나와 있고 그에 대한 원인을 찾는 건 지금부터다.

문제는 그 원인을 찾는 방법이다.

만일 합당한 이유를 대지 못한다면? 당연히 은행 내부에 현금 자산이 거의 없는 것이 아니냐는 의심을 받게 된다.

이를 피하고자 한국항공에 돈을 빌려주기로 약속되어 있다고 한다면? 그건 부당 대출에 해당된다.

"결국 어느 쪽이든 황금저축은행 쪽은 마땅한 말을 못 하는 거죠."

그걸 굳이 노형진과 대룡에서 건드릴 이유는 없다.

"언론에서 알아서 터트릴 테니까요, 후후후."

⚖

대룡그룹, 황금저축은행에서 대출 거부당해. 대룡의 자산적 문제인가, 황금저축은행의 자산 부족인가

쾅!

그럴듯한 제목이었다.

하지만 그걸 본 황금저축은행의 주주들은 분노로 눈이 돌아갔다.

"지금 이 일이 어떻게 된 건지 말씀을 좀 해 주셨으면 합니다만?"

"에, 그게 말입니다, 아니, 뭔가 오해가……."

"오해? 오해? 지금 오해라고 했습니까? 다른 곳도 아닌 대룡에서 대출을 신청했는데 그걸 거부하고, 오해?"

"서류가 미비해서……."

황동인은 분명 황금저축은행의 사주다. 그건 부정할 수 없는 사실이다.

하지만 그렇다고 해서 그가 모든 걸 지배하는 건 아니었다.

황동인이 아무리 부자라고 해도 자기 혼자 저축은행 규모의 사업을 할 정도의 돈은 없다.

당연히 투자자들이 있고, 투자자들은 이 뉴스를 보고 분노할 수밖에 없었다.

"이 뉴스 못 봤어요? 현재 황금저축은행의 예치금이 부족해서 대출을 거부한 게 아닌가 하는 소리가 나오고 있잖아요!"

이는 중요한 문제다.

그도 그럴 게, 은행의 파산 과정에서 가장 먼저 나오는 말이 바로 그런 예치금 부족 현상이니까.

"예치금은 충분합니다. 현재 예치금은 대략 3조 4천억 정도입니다."

"그런데 왜 대룡에서 신청한 대출을 거부한 겁니까?"

"아까도 말씀드렸다시피 서류가 미비해서……."

황동인이 진땀을 뻘뻘 흘리며 말하자 모두의 뒤에 있던 한 노인이 나지막한 목소리로 그를 불렀다.

"황 사장."

낮은 목소리에 언성을 높인 것도 아니었건만, 그 노인의 말 한마디에 모두가 조용해졌다. 그도 그럴 게 그는 여기서 최대 주주였으니까.

단순히 최대 주주라는 게 문제가 아니다.

소위 말하는 쩐주였다. 그것도 힘과 권력을 다 가진.

"내가 황금저축은행에 투자할 때는 말이지, 자네가 어느 정도 장난치는 건 감안하고 한 거야."

"네…… 네, 회장님."

"그런데 이번 건 장난이 너무 심한 것 같은데?"

"아닙니다. 오해십니다, 회장님."

"오해? 내가 설마 대룡에서 제출한 서류를 못 구할 거라고 생각한 건가? 설사 서류가 부족해도, 말해서 보충하면 그만 아니던가? 심지어 미국에서 운영 중인 의료 재단을 담보로 걸었다던데?"

그 말에 황동인의 얼굴은 사색이 되었다.

도대체 어디서 그 정보가 새어 나간 걸까?

아니, 생각해 보면 그게 새어 나간 건 이상한 일이 아니었다.

"내가 말했을 텐데? '뭘 해도 좋다. 누구한테 용돈을 받아도 좋다. 나한테만 피해를 주지 말아라.'라고."

"회, 회장님."

"그런데 말이야, 자네가 요즘 선을 너무 넘는 것 같아."

"아니, 그게 그러니까…… 저도 거국적으로 생각해서……."

"그래서 거국적으로 어떤 부분을 생각했나?"

"그게……."

당연히 그런 거 없다. 그냥 이권만 따라간 거니까.

하지만 이게 설마 문제가 될 줄은 몰랐기에 황동인은 손이 바들바들 떨렸다.

"그······러니까······ 한국항공에서 항공 산업을 독점하게 되면 추후 장기적으로 우리의 주요 고객이······."

"장난하나?"

"네?"

"지금 코델09바이러스가 언제 끝날지 아나?"

"······."

당연히 모른다. 황동인은 사업가지 예언가 같은 게 아니니까.

"그러면 한국항공이 우리한테 빚을 갚을 수는 있겠나?"

한국항공이라고 해서 상황이 좋은 건 아니다.

욕심을 부리고 있는 건 사실이지만, 그렇다고 해서 돈이 썩어 나는 것도 아니다.

애초에 돈이 썩어 나는 상황이라면 굳이 제2금융권인 황금저축은행에서 돈을 빌리려고 할 이유가 없다.

"하지만 장기적으로 봤을 때 한국의 항공 산업을 독점함으로써······."

황동인은 어떻게 해서든 변명하려고 했다.

그래야만 했다. 그러지 않으면 죽을 수도 있기 때문이다.

하지만 그 변명이 도리어 그의 목을 조이는 함정이 되었다.

"황 사장."

"네, 회장님."

"자네는 황금저축은행 사장인가, 아니면 한국항공 사장인가?"

"네?"

"우리는 은행이야. 우리한테 중요한 건 우리한테 이자를 내줄 사람이야."

즉, 이자를 내줄 수 있다면 누구에게라도 돈을 빌려주는 게 은행이다.

그런데 여기서 문제는 바로 그런 황동인의 변명이었다.

"상식적으로 이자를 잘 낼 곳은 대룡이지. 한국항공이 아니라."

"……."

"그리고 아까부터 한국의 항공 산업을 독점함으로써 이익이 엄청나게 날 거라는데, 그런다고 해서 한국항공이 우리에게 그 수익을 나눠 주나?"

"그거야……."

그럴 리가 없다. 도리어 수익이 나면 지출을 줄이기 위해 최대한 빨리 빚을 정리하려 할 것이다.

"자산이 빵빵한 기업이 굳이 은행에 찾아올 이유가 없지."

설사 있다고 한다고 해도 제2금융권인 저축은행을 찾아올 가능성은 높지 않다.

"그러면……."

"자네가 아무리 한국항공을 칭찬한다고 해도 우리한테는 땡전 한 푼 돈이 들어오는 건 아니라는 거지."

한국의 하늘길을 독점해서 매년 수십조씩 벌어들인다고 한들 그들이 황금저축은행에 뭔가를 해 줄 가능성은 없다.

"우리 은행은 이자로 먹고살지. 당연히 대출해 줄 때도 안정적으로 이자를 제공할 수 있는 사람을 찾아야겠지."

그런데 황동인은 그런 사람이 찾아왔는데 자기 스스로 쫓아내 버렸다.

"요즘 자네가 감을 잃은 것 같은데 말이지."

회장이라고 불린 남자는 나지막하게 말했다.

"자네도 슬슬 쉬어야 하지 않겠나."

"네?"

그 말에 황동인의 얼굴이 새파랗게 질렸다.

그럴 수는 없었다.

'그렇게 되면 내 딸은?'

한국항공이 자신의 딸을 며느리로 맞이해 준 이유는 간단하다. 필요할 때 수월하게 돈을 빌리기 위해서다.

사실 한국항공 입장에서는 아무리 황동인이 황금저축은행의 대표라 해도 진짜로 동급이라고는 생각하지 않는다.

다만 필요할 때 돈을 확보하는 게 쉬워서 선택한 것뿐이다.

1금융권은 자신들이 한국항공과 급이 맞지 않는다고 생각하니까.

"그럴 수는 없습니다."

"호오?"

그 말에 노인이 왠지 재미있다는 얼굴이 되었다.

"그러니까 은퇴하고 싶지 않은 모양이군?"

"저는 아직 창창합니다. 은퇴는 아직 멀었습니다."

그 말에 노인은 싱긋 웃었다.

"재미있어."

"네?"

"내 말에 토를 단 놈이 몇십 년 만인지 모르겠군."

그 말에 황동인의 눈동자가 격하게 흔들리기 시작했다.

하지만 이제 와서 할 수 있는 것은 없었다. 여기서 물러나면 자신뿐만 아니라 자식의 인생도 망가질 게 확실했다.

"이 안에서 자네가 얼마나 텃밭을 갈아 났는지 모르지만……."

방금 전까지 웃던 노인의 눈빛이 뜨겁게 타오르기 시작했다.

"자네 편이 많기를 바라네. 목숨이 걸린 싸움인데 어설프게 싸우면 재미없지 않나."

'이런 젠장.'

황동인은 그 말에 손이 바들바들 떨렸다.

하지만 이제는 싸우는 것 말고는 방법이 없다는 걸 느끼고 있었다.

"네? 황금저축은행에서 싸움이 벌어졌다고요?"

"그래. 뭐, 내부 정보에 따르면 투자자들 사이에서 대판 붙은 모양이야. 현재는 황동인이 불리한 것 같더군."

그 말에 노형진은 턱을 문질렀다.

"흠, 황금저축은행에 쩐주는 따로 있나 보죠?"

"그렇지. 아마 황동인이 6위나 7위쯤 될 거야, 지분으로 본다면."

"생각보다 높지 않네요."

"쩐주란 인간들이 그런 존재들이니까."

그들은 전면에 나서는 걸 원하지 않는다. 오로지 돈만으로 상대방을 지배한다.

쉽게 말해서 자기 수익만 챙겨 준다면 남이 그 돈으로 뭘 하든 신경 쓰지 않는 거다.

의외로 그런 사람들이 많다. 쉽게 말해서 바지 사장을 세우는 건데, 다만 돈에 여유가 있는 만큼 바지 사장이 좀 더 큰 스케일로 수작질을 해서 돈을 챙겨도 허허 웃고 넘어간다.

"2조는 웃고 넘어가기에는 큰돈이니까요."

"그렇지."

2조면 그 이자만 해도 수백억이다. 그 돈을 날리게 생겼으니 화가 날 수밖에 없다.

"생각해 보니 웃기는군."

"뭐가 말입니까?"

"아니, 지금 이 모든 게 한국항공이 오리엔탈항공 인수에서 물러나게 하기 위해 한 일 아닌가?"

"그렇지요."

"그런데 한국항공이 라이벌이라서 우리가 어떻게 못 하는 건데, 정작 대출 문제에서도 우리가 한국항공의 라이벌 아닌가?"

노형진은 유민택의 말에 피식 웃었다.

"생각해 보니 그러네요."

그리고 말이 라이벌이지 저쪽에서 수작질만 부리지 않는다면 애초에 싸움조차도 되지 않았을 거다.

"어찌 되었건 한국항공은 이로써 나가떨어졌다고 봐야겠군."

"그럴 겁니다."

내부에서 개싸움이 난 상황에서 한국항공에 돈을 빌려주는 건 불가능할 거다.

이미 대룡의 대출을 거부한 상황이니 어차피 부당하게 돈을 빌려주는 건 불가능하겠지만 말이다.

"혹시 비행기 같은 걸 담보로 잡아서 돈을 빌리거나 하는 건 아니겠지."

"그럴 리가요. 비행기는 지금은 쥐고 있으면 무조건 마이너스입니다."

"마이너스라고?"

"비행기를 띄울 수 없으니 당연히 지상 주기장에 놔야 하는데 그것도 돈이거든요."

실제로 각 항공사에서도 매년 수백억을 주기장을 빌리는데 쓴다. 하물며 그 돈은 비행기가 멀쩡하게 비행할 때의 이야기.

"지금처럼 비행기가 이륙 자체를 못 할 때는 주기장을 빌리는 게 엄청나게 비쌀 겁니다."

못해도 수천억은 나올 거다.

거기다 비행기는 관리도 힘든 물건이다. 만일 담보로 가지고 있던 비행기에 문제가 생기면 그 문제도 해결해야 한다.

배보다 배꼽이 더 클 수도 있는 상황이기에 비행기를 담보로 잡는다는 건 현재로서는 생각하기 힘들다.

"그래서 의료 재단을 담보로 걸라고 한 건가?"

"돈이 되는 곳을 담보로 내밀면 그걸 거절할 사람은 없을 테니까요."

"하긴, 그건 그렇군. 그럼 한국항공은 확실히 나가떨어졌다고 봐도 무방하겠군."

"그럴 겁니다."

다른 곳에서 돈을 빌려서 낼 수는 없을 테니까.

현재 상황에서 무려 2조라는 돈을 만들어 내는 것은 한국항공으로서는 불가능한 일이었다.

"이제 슬슬 오리엔탈항공을 삼킬 시간입니다, 후후후."

정당한 권리자

"뭐? 그만둔다고? 아니, 왜?"

곽도방은 생각지도 못한 소식에 정신이 아찔해졌다.

한국항공이 오리엔탈 인수전에서 빠지겠다는 의사를 전해
왔기 때문이다.

"뭔 소리야? 그럴 리가 없잖아! 한국항공 놈들이 어떻게
해서든 오리엔탈항공 먹어 보겠다고 공을 얼마나 들였는데?
그런데 갑자기 이제 와서 포기한다는 게 말이나 돼?"

"돈을 구할 수 있는 곳이 없어졌다고 합니다."

"돈을 구할 수 없다니? 그게 무슨 소리야?"

"원래 돈을 구하기로 한 곳이 황금저축은행인데 이번에 거
기에서 싸움이 크게 나서……."

"황금저축은행⋯⋯. 끄응, 그랬지. 둘이 사돈이었지."

같은 항공사이기에 안다. 황금저축은행의 딸내미가 한국항공의 며느리라는 걸 말이다.

그리고 최근 황금저축은행 내부에서 서로 경영권을 가지고 싸움이 났다는 소식은 들었다. 그 싸움에서 경영자인 황동인이 불리하다는 것은 그도 아는 사실이었다.

"젠장, 이러면 곤란한데."

애초에 사실 곽도방에게는 그의 상표권을 인정하고 그에 대한 대가를 주겠다고 한 한국항공이 훨씬 더 거래 대상으로서 유리했다.

그런데 그들이 나가떨어지면서 오로지 단 하나, 바로 대룡만 남은 것이다.

'하지만 대룡은 내 상표권을 인정하지 않을 텐데.'

그게 인정되지 않으면 그는 진짜 개털이 된다고 봐도 과언이 아니다.

혹시나 상표권을 빼앗길까 두려워서 자신의 재산과 관련된 채권 모두를 정리한 터라 의외로 남은 자산이 그다지 많지 않았다.

한 해 200억 이상 받아 챙길 수 있다면 그보다 훨씬 남는 거라고 생각했기 때문이다.

그래서 모든 자산을 처분해서 빚을 모조리 처리했다. 다른 건 몰라도 상표권은 빼앗길 수 없다고 생각한 것이다.

대룡에서는 말도 안 되는 조건이라고, 받아들일 수 없다고 이야기했지만, 사실 곽도방에게는 대룡이 사지 않는다고 해도 상관없는 일이었다.

한국항공에서 사기로 이야기가 다 되어 있었으니까.

도리어 대룡에서 일찌감치 나가떨어져서 한국항공과 느긋하게 거래할 수 있기를 바랐다.

"그런데 물러나라는 대룡은 물러나지 않고…….."

정작 은밀하게 어느 정도 이야기가 되어 있는 한국항공이 물러나다니.

"이거 대룡에서 무슨 수작을 부린 거지?"

"그런 것 같습니다. 그러지 않았다면 갑자기 이런 일이 벌어질 리가 없습니다."

"망할 대룡 새끼들 같으니라고. 같이 좀 먹고살자니까."

그 말에 부하 직원은 가만히 침묵했다.

그걸 못 지켜서 망한 게 바로 곽도방이니까.

사실 오리엔탈항공은 흑자 기업이었다. 세간에서는 코델 09바이러스로 망했다고 오해하지만, 실제로는 코델09바이러스가 퍼지기 이전인 2018년부터 매물로 나와 있던 상태였다.

곽도방이 그룹이라는 이름에 환장해서 무리해서 사세를 확장하고 건설사를 구입한 것이 회사가 망한 원인이 된 것이다.

그런데 그걸 알면서도 같이 먹고살자는 소리를 하는 곽도방에게 과연 부하 직원이 뭐라고 하겠는가?

동조할 수도 없고, 쓴소리를 할 수도 없다.

이제 망해 가는 놈이라고 하지만 여전히 자신을 엿 먹일 정도의 힘을 가진 사람임에는 틀림없으니까.

"대룡은 내 정당한 권리를 인정하지도 않을 것 같은데."

'정당한 권리는 개뿔.'

애초에 오리엔탈항공이라는 이름은 곽도방이 소유한 것도 아니었다.

하지만 회사를 내놓을 상황이 되자 어떻게 해서든 한 푼이라도 뜯어내기 위해 고의적으로 오리엔탈항공이라는 이름을 자기 명의로 돌렸다.

아주 은밀하게 자기편만을 동원해 처리했기에 아무도 몰라 막지 못한 그 일을 이제 와서 어찌하는 건 불가능했다.

그리고 그렇게 넘어간 상표의 권리에 대해 누구도 태클을 걸지 못했다.

"다 된 밥에 재를 뿌려도 유분수지."

매년 200억이면 곽도방 입장에서는 큰돈은 아니지만 그래도 자기 삶을 유지할 정도는 되는 그런 돈이었다.

"어찌시겠습니까?"

"어찌긴, 배 째라고 나가야지."

오리엔탈항공이라는 이름값은, 포기하기에는 너무 아깝다.

곽도방이 온갖 갑질을 하고 문제를 일으켜서 팔기는 하지만 사업가로서의 곽도방은 재능이 있는 편이었기 때문에 충분히 가치가 있는 게 바로 오리엔탈항공이라는 이름이다.

"자기들이 돈을 안 주면 어쩔 건데? 회사가 망하게 둘 거야?"

곽도방은 코웃음을 쳤다.

정부에서 그렇게 둘 수 없으니까 2018년부터 계속 이러고 있는 거고, 어떻게 해서든 팔아 보겠다고 대룡에다가 손을 내미는 거다.

한국의 하늘길 절반이 막힌다는 것은 생각보다 힘든 일일 뿐만 아니라 새로 항공사를 만드는 건 돈이 더 들면 더 들었지 결코 덜 들지는 않는 일이다.

항공업이라는 건 단순히 비행기를 산다고 해서 끝나는 게 아니다. 항공 라인과 시간을 배정받아야 하는 등 복잡한 게 많으니까.

"자기들이 어쩔 거야?"

곽도방은 자신했다, 아무리 대룡이라고 해도 자신의 요구를 들어주지 않을 수는 없을 거라고.

"그래서 좀 알아봤나?"

"네, 좀 알아봤습니다. 거의 모든 재산을 싹 다 정리했더군요."

노형진은 고개를 끄덕거렸다.

곽도방은 혹시 모를 사태에 대비해서 모든 준비를 다 해 둔 상황이었다.

자기 소유의 집도, 자동차도 없었다. 계좌는 텅텅 비었다.

"그는 자동차를 비롯한 필요한 물건을 모두 회사 경비로 채우고 있습니다."

"월급도 받고 있을 텐데?"

"공식적으로 받는 월급이 그리 많은 건 아니죠."

"하긴, 그건 그렇겠지."

회장으로서 받는 월급? 공식적으로는 그다지 많지 않다.

당장 유민택이 대룡의 회장으로서 받는 연봉은 10억 정도 다.

아마 오리엔탈항공쯤 된다면 4억 초반일 가능성이 크다.

"뭐, 그나마도 들어오는 족족 없어지지만요."

그가 오리엔탈항공을 내놨다고 해서 가족들이 갑자기 사 치를 멈출까? 그럴 리가 없다. 당연히 여전히 그들은 사치 중이다.

연봉 4억. 많아 보이지만 그동안 풍요롭게 살아온 그들에 게는 하룻밤 술값도 안 되는 돈이었다.

"그러니 저축한 것도 없더군요."

물론 아예 없는 건 아니다. 하지만 과거의 성세를 보자면 터무니없이 적은 돈이었다.

"그래서 자네는 이제 어쩔 생각인가?"

"당연히 협상에 들어가야지요."

"이미 협상 중이네만."

이미 오리엔탈항공을 인수하기 위한 협상이 이루어지고 있는 상황이다.

당연하게도 그 과정이 순탄치는 않지만 말이다.

"아, 오해는 하지 마세요. 그건 저희가 아니라 대룡의 영역이라는 걸 저도 알고 있습니다."

"그런데 무슨 협상을 말하는 건가?"

"노조와 협상할 생각입니다."

"노조?"

"어차피 기업을 인수할 때 노조와 일정 부분 접촉하는 건 당연한 일 아닙니까?"

"그거야 그렇지."

기업을 인수할 때 노조와의 접촉이 전혀 없을 수는 없다. 그렇게 되면 노조에서 파업한다거나 하는 식으로 일을 방해할 수 있으니까.

물론 노조에 협상의 주도권을 준다거나 아예 협상의 자리에 노조 임원을 불러오거나 하지는 않지만 따로 노조 쪽 인원들을 만나는 것은 딱히 비밀도 아니다.

"그러니까 그들을 제가 만나서 협상할 생각입니다."

"그런데 그런다고 해서 곽도방에게서 상표권을 가지고 올 수는 없을 텐데?"

노형진은 그 말에 씩 웃으며 말했다.

"방법은 비밀입니다, 후후후."

기업이 넘어갈 때 가장 불안한 사람은 다름 아닌 직원들이다. 그나마 직원의 승계를 보장해 준다면 안심할 수 있겠지만, 사실 그렇지 않을 가능성이 높은 경우에는 더더욱 불안할 수밖에 없다.

'그리고 지금은 더더욱 불안하겠지.'

당연하다. 지금은 직원의 고용 승계를 해 주지 않아도 되는 타이밍이니까.

그렇잖아도 몸값이 비싸기로 유명한 비행기 기장들과 스튜어디스들이다. 그런데 비행을 못 해서 돈을 못 버니 전 세계에 해직된 기장과 스튜어디스가 넘쳐 난다.

일단 자르고 숙련된 다른 나라의 기장과 스튜어디스를 싸게 데리고 오는 것도 불가능하진 않다.

그렇다 보니 그런 불안감은 현실이 되어서 노조원들에게 다가왔다.

"미안하지만 이번 협상에서 고용 승계는 없을 예정입니

다."

"네?"

"말 그대로입니다. 스튜어디스와 기장의 고용 승계에 대해서는 확답을 해 드릴 수가 없습니다. 물론 심사를 거쳐서 일부는 받아들일 수 있겠지만 현실적으로 여러분을 모두 받아들일 수는 없습니다."

"그럴 수는 없습니다!"

"이건 법적으로 문제가 될 겁니다!"

당연히 노조에서는 발끈했다. 자기들의 생계가 달려 있는 상황이니까.

"뭔가 착각하시는 모양인데, 법적으로 고용 승계를 해 드려야 한다는 말은 없습니다만?"

고용 승계는 대부분 당사자 간의 약정에 의해 이루어진다. 그리고 대부분 어차피 계속 기업을 굴릴 거라면 인원이 필요하니까 해 주는 것뿐이다.

"우리 노조는 절대 그 조건을 받아들일 수 없습니다!"

"그래서 뭘 어쩌실 겁니까? 파업이라도 하실 겁니까?"

노형진은 화내는 노조원을 바라보면서 비웃음을 날리듯 말했다.

그 말에 노조원은 할 말이 없어졌다.

'그렇겠지.'

파업이라는 건 기본적으로 현 사장을 대상으로 힘을 발휘

하는 거다.

어차피 고용 승계를 하지 않기로 했는데 나중에 인수할 사람이 피해를 입을 일은 없으니까.

그런데 일단 곽도방이 직원들을 위해 자기 피해를 감수할 인간이 아닌 데다가, 결정적으로 파업하기 이전에 이미 항공사는 완전히 멈춘 상태다.

파업이라는 것은 금전적 피해를 입혀서 압박하는 건데 애초에 기업이 안 돌아가는 상황에서 무슨 소용이 있겠는가?

"하지만 여기서 일하는 8천 명이 넘는 사람들이……."

"무려 8천 명이죠. 언제 정상화될지 모르는 기업의 직원들이."

"……."

"더군다나 이 사람들의 임금이 한두 푼입니까?"

당장 항공기 부기장만 해도 보통 연봉이 1억 가까이 되고, 기장이 되면 1억 5천에서 2억 사이다.

스튜어디스도 연봉 6천 이상의 고연봉 직급이다.

"항공 산업의 정상화가 몇 년이 걸릴지 모르는 상황에서 월급은 그냥 돈 버리는 행위죠."

"……."

'뭐, 조만간 어느 정도 정상화되지만.'

그렇다고 해도 완전 정상화까지는 진짜 오랜 시간이 걸리는 게 사실이다.

"우리가 그 시간 동안 남 좋은 일을 시켜 줄 이유는 없죠."

"……."

그 말에 노조원들은 입술이 바짝바짝 말랐다.

자신들이 대항할 방법이 없는 상황에서 진짜로 내몰리게 생겼으니까.

"결정적으로 우리가 당신들을 믿을 수도 없고요."

"우리를 믿을 수 없다고요?"

"오리엔탈항공의 노조가 어용 노조라는 건 딱히 비밀도 아니지 않습니까?"

"아니, 그게 무슨 잘못은……."

거기까지 말하던 노조 위원장은 목소리를 낮췄다.

"그게 무슨 잘못은 아니지 않습니까? 솔직히 그건 대룡 입장에서는 유리한 거 아닌가요?"

확실히 일반적으로 노조가 어용 노조라고 하면 기업 차원에서 봤을 때 유리하다.

"아무리 대룡이 선한 운영을 하는 것이 목적이라고 해도 노조를 좋게 보지는 않을 텐데요?"

기업이 아무리 잘나고 착해도 노조와 친할 수는 없다. 실제로 대룡도 터무니없는 요구를 하는 대룡전자 노조와 대판 싸운 적이 있으니까.

그런 상황에서 노동자가 아니라 기업을 편들어 주는 어용 노조는 도리어 그들에게 참으로 반가운 존재였다.

그런데 믿을 수 없다니.

그러나 이어지는 다음 말에 그들은 말문이 콱 막혔다.

"당신들이 충성하는 대상은 오리엔탈항공이 아니라 곽도방이잖아요?"

"뭐라고요?"

"아니라고 생각하세요? 제가 봐서는 그런데."

"말이 안 되지 않습니까? 우리는 오리엔탈항공의 노조입니다. 그런데 왜 곽도방에게 충성한다고 생각하십니까?"

그 말에 노형진은 차갑게 말했다.

"종종 그런 사람들이 있지요, 사람에 대한 충성이 조직에 대한 충성이라고 생각하는. 하지만 그건 전혀 다릅니다."

그건 충성이 아니다. 그냥 알아서 기는 거지.

"솔직히 한국항공이 삽질할 때마다 오리엔탈항공이 치고 나갈 기회는 많았습니다. 하지만 대부분 당신들이 삽질해서 모조리 날려 먹었지요."

"그거야……."

"그 상황에서 당신들이 조직을 제대로 운영했다면 지금 대한민국 최대 항공사는 한국항공이 아니라 오리엔탈항공이었을 겁니다."

"……."

틀린 말은 아니다. 한국항공이 온갖 문제를 일으켰는데도 그 기회를 잡지 못한 건 자신들이다.

"그런데 당신들이 조직을 위해 충성한다고요? 웃기는 소리."

그들은 곽도방에게 충성했다.

"당신들을 데리고 갔는데 당신들이 계속 곽도방에게 충성을 바치면 엿 먹는 건 우리뿐이거든요."

가령 곽도방의 사주를 받아서 파업을 한다거나 하는 식으로 말이다.

"무슨 말도 안 되는 소리입니까! 아무리 그래도 그렇지 그런 억측이 어디 있어요?"

"말이 안 된다고 생각하세요? 회사 내에 곽도방을 위한 기쁨조를 운영하는 건 말이 되고?"

그 말에 노조원들의 얼굴이 사색이 되었다.

"아니, 그건 기쁨조까지는 아니고……."

"내가 그 말을 믿을 거라 생각합니까?"

오리엔탈항공의 기쁨조.

물론 저기 북쪽의 돼지들처럼 진짜 여자를 뽑아서 감금하고 성 노예로 부린 건 아니다.

하지만 스튜어디스들에게 접대를 시키거나 곽도방이 성추행하는 것을 노조에서는 묵인했다.

'과연 그 안에서 강간 사건이 없었을까? 그럴 리가 없지.'

곽도방 같은 인간들에게는 선이라는 게 없다. 상대방이 자기보다 약하면 뭘 해도 된다고 생각한다.

사실 널리 알려지지 않았을 뿐이지 오리엔탈항공의 대표인 곽도방이 스튜어디스들을 기쁨조로 취급한 건 딱히 비밀도 아니다.

공식 행사에서 회사나 노조 차원에서 스튜어디스를 회장에게 붙여 재롱을 떨게 하는 건 거의 당연하고, 내부 고발에 따르면 항공사의 사장이나 주요 임원이 술을 마실 때 불러내면 나가야 했다고 한다.

만일 그걸 거절하면 그날로 바로 잘렸다고.

'너희들이 아무리 잘 덮어 봐야 그게 사라지는 건 아니지.'

당연히 그 피해자들이 넘쳐 난다.

하지만 누구도 그에 대해 저항하거나 신고하지 못했다.

'세상에 여자가 많은 기업에서 성범죄가 없다는 말을 누가 믿어?'

심지어 완전 여초 기업도 아니고, 항공사는 여자가 스튜어디스라는 특정 직군에 몰려 있는 회사다.

그리고 오리엔탈항공이라는 기업의 운영 방식을 보면 극도로 과거 답습형이고 새로운 도전은 없는 고리타분한 방식.

즉, 상당히 마초적인 방식의 운영을 이어 왔다.

그런데 과연 그 안에서 다른 기업에서도 흔하게 터지는 성범죄가 단 한 번도 없었을까? 그렇잖아도 다른 기업에 비해 여성들의 외모가 뛰어난데?

'그럴 리가 없지.'

회사 차원에서야 당연히 덮으려고 할 테지만, 만일 노조가 정상적으로 운영되었다면 절대로 덮을 수 없어야 정상이다.

하지만 오리엔탈항공에서는 그런 문제가 단 한 번도 터진 적이 없다.

'문제가 없다면 그건 문제가 없는 게 아니라 감춰지는 거다.'

군대를 갔다 온 사람은 다 아는 상식.

세상에 완벽한 조직은 없기에 결국 알게 모르게 문제가 생길 수밖에 없다.

그런데 그게 절대로 밖에 나오지 않는다면 그 조직은 내부적으로 엄청나게 부패한 조직일 수밖에 없다.

"그건 억측입니다."

노조 위원은 말도 안 된다는 듯 선을 그었다. 하지만 그다음 말에 숨을 들이켰다.

"그래요? 하지만 다른 직원들은 그렇게 생각하지 않을 것 같은데요."

"뭐라고요?"

"곽도방이 잘린 후에도 다른 직원들이 그를 위해 입을 다물 것 같습니까? 우리는 인수하면 그 문제에 대해 확실하게 정리하고 넘어갈 겁니다."

그 말에 노조 위원들의 눈동자가 격하게 흔들리기 시작했다.

노형진의 추측대로 그들은 그동안 죄를 은닉하기 위해 많은 노력을 해 왔기 때문이다.

"고용 승계를 보장하지 않는다면서요! 누가 그 말을 믿어요?"

"고용 승계라는 건 모든 직원을 그대로 고용한다는 거죠. 개별적으로 심사를 거쳐서 재입사를 하는 것과는 다른 말입니다."

노형진의 말에 그들은 침을 꿀꺽 삼켰다. 그리고 그다음 말에 하늘이 무너지는 느낌을 받았다.

"만일 조사 결과, 당신들이 범죄를 은폐했거나 은폐하기 위해 노력했다는 증거가 나온다면 공범으로 엮어 버릴 겁니다."

"지금 그걸 말이라고……!"

"말이 안 되는 것 같아요? 대룡에 대해 모르는 모양이시네? 요즘은 인터넷에 많이 소문났는데."

"그건……."

대룡은 다른 곳과 다르다.

다른 곳은 내부에서 문제가 일어나도 조용히 덮는다. 하지만 대룡은 공개적으로 두들겨 팬다.

단순히 패는 걸 넘어서 그 책임을 확실하게 묻는다.

가령 내부에서 성추행 문제가 터지면 대부분의 기업은 피해자를 자르고 일부 기업만이 가해자를 자른다.

하지만 대룡은 가해자를 자르는 것뿐만 아니라 그로 인한 소송을 돕기 위해 피해자에게 변호사를 붙여 주고, 만일 그

성추행으로 인해 기업이 어떤 피해를 입었다면, 가령 피해자가 정신적 충격으로 업무를 멈춰서 그로 인해 피해가 발생했다면 그 손해배상까지 철저하게 묻는 곳이었다.

"아니, 그건 좀 너무한 거 아닙니까?"

"안 했다는 소리는 절대로 안 하시네요."

노형진의 말에 노조 위원들은 침을 꿀꺽 삼켰다.

일이 이쯤 되면 중요한 건 이들이 자리를 지키는 게 아니다. 범죄를 은닉했다는 사실이 드러나면 인생 자체가 박살 나게 생겼다.

"제발…… 저희가 조용히 나가겠습니다. 고용 승계를 해 달라고는 안 하겠습니다. 제발……."

"아니, 박 위원! 지금 뭐라고 하는 겁니까!"

"진 위원님, 이러다 다 같이 감옥에 가고 싶어요?"

아니나 다를까, 그들은 서로 팽팽하게 부딪치기 시작했다.

누군가는 지금이라도 잘못된 사태를 바로잡자는 말을 했고, 누군가는 그럴 수는 없다고 버텼다.

처음에는 팽팽했다. 하지만 노형진이 말 한마디를 더하자 그 균형은 걷잡을 수 없이 무너져 버렸다.

"뭘 그렇게 굳이 서로 대화하려고 하십니까?"

"뭐요?"

"어차피 내부에서 사실을 제보하거나 증언한 사람은 처벌받지 않을 테고 그걸 감추려고 한 사람은 받을 텐데?"

"……!"

"이건 단체전이 아닙니다. 개인전이지."

그 말을 다들 알아들었다.

그리고 그건 지금까지 공개를 반대하던 사람들이 모두 독박 쓰고 감옥에 갈 수도 있다는 의미이기도 했다.

"자…… 잠깐, 그건…… 좀…… 너무하지 않습니까?"

"전혀요. 애초에 당신들을 내가 보호해야 할 이유도 없습니다만."

단호한 말에 와들와들 떠는 사람들.

"제발…… 한 번만 기회를 주세요."

결국 파멸이 다가온다는 사실에 버티지 못한 사람들은 노형진에게 매달렸다.

고용의 승계? 그게 중요한 게 아니었다.

중요한 건 그들이 살아남는 거였다.

"뭐, 그러면 그동안의 피해자들을 모아 주세요. 당신들 빼고 가해자들을 직접 노릴 수 있게."

"그, 그거면 되는 겁니까?"

"물론 그것만으로는 안 되죠. 그와 관련된 증언과 증거, 싹 다 가지고 오세요."

노형진은 눈을 번뜩거렸다.

"그 알량한 자리라도 지키고 싶다면 말입니다."

"그러니까 이걸로 채권을 만들어 내겠다?"

"자신의 권리를 지키기 위해 채권을 모두 정리한 건 확실히 좋은 방법이었습니다. 하지만 그에 맞는 채권은 만들어 내면 그만이죠."

"하긴, 그건 그렇지. 손해배상도 채권이지?"

"네."

손해배상도 채권이다. 그리고 피해자는 한두 명이 아니었다.

곽도방은 수십 년 동안 오리엔탈항공을 운영하면서 매년 수십 명을 성추행했고, 실제로 그중 일부는 강간까지 했다.

대부분의 피해자들은 억울함을 호소하다가 조직의 힘을 이기지 못하고 결국 퇴사하는 걸로 이야기가 마무리되었고, 곽도방을 비롯한 회사 내부의 범죄자들은 자신들의 권력을 이용해서 그 자리를 확실하게 지켜 왔다.

"하지만 이제는 상황이 달라졌죠."

자기들이 지켜야 할 자는 모든 걸 팔아먹고 나가 버리는 상황이고, 자신들은 자기 스스로 지켜야 한다.

"그런데 미쳤군. 이게 사장이라고?"

"항공사 아닙니까? 예쁜 여자들도 많고, 거기다 고액 연봉직이고. 사실 항공사 승무원이라고 하면 결혼 시장에서도 상당한 인기 직종이니까요."

"그러니 웬만하면 못 나간다 이거군."

"네."

아무래도 항공사에서 근무하기 위해서는 외모도 외모지만 똑똑하기도 해야 한다.

더군다나 의외로 항공사 스튜어디스의 근무 환경은 열악하고 힘들다. 온갖 진상들도 있다. 그러다 보니 그걸 이겨 내기 위해 나름 인내심도 있어야 한다.

즉, 결혼 대상으로 봤을 때 딱히 나쁜 사람은 아니라는 거다.

"하지만 그래도 이건 너무 과한데?"

성추행 사건은 수백 단위가 넘고 강간 사건은 수십 단위다. 그리고 대부분의 사건들은 회사 차원에서 찍소리도 못하고 그만두게 만들었다.

심지어 같이 근무한 직원들에게 강제로 위증까지 시켰다는 증거도 있었다.

실제로 한국항공에서도 문제가 생기면 주변 동료들을 압박해서 위증시키는 일이 흔할 정도로 이 업계에서 이런 일은 흔했다.

"이거야 원. 벌어지는 꼴을 보니 항공사는 인수하고 싶어지지가 않는군."

"사람이 문제인 거지 회사가 문제인 건 아니죠."

"그건 그렇지만."

"그러니까 이 부분에 대해 소송을 지원해 주면 됩니다."

"우리가 소송을 지원해 주고 그 채권을 통해 상표권을 빼앗아 오자 이거군?"

"맞습니다. 불가능한 건 아니죠."

상표권 역시 거래나 압류가 가능한 재산이다. 곽도방이 주기 싫다고 해도 법원에서 주라고 하면 권리는 넘어간다.

형태가 있는 물건도 아닌지라 감추는 것도 불가능하다.

"저쪽에서 민사소송을 하면 그와 관련된 배상 문제가 생길 수밖에 없습니다. 그리고 현재 곽도방은 아무런 재산이 없죠."

남은 건 단 한 가지, 바로 상표권뿐.

"결국 그 상황에서는 상표권에 대한 심사가 이루어질 수밖에 없습니다."

"곽도방이 가장 싫어하는 상황이 되겠군."

"맞습니다. 곽도방은 그걸 피하기 위해 그 많은 빚을 한꺼번에 갚은 거니까요."

상표권이 필요한 건 사실이다. 하지만 상표권에 터무니없는 비용을 줄 생각 같은 건 노형진에게 전혀 없었다.

무형이라는 것, 또 유일하다는 것은 아무래도 그 가치 판단을 하기 어려운 부분이 있다.

비교군 자체가 없기 때문에 때로는 터무니없이 높은 가격이 나올 수도 있고, 때로는 말도 안 되게 낮은 가격이 나올 수도 있다.

"손해배상을 하기 위해 법원에서는 자연스럽게 가치 판단을 하기 마련인데……."

재미있는 건 법원에서는 가치를 생각보다 짜게 잡는다는 거다.

결과적으로 곽도방이 원한 연 200억이라는 가격은 절대로 인정되지 않을 것이다.

"아마 곽도방은 미칠 노릇일 겁니다, 후후후."

⚖

피해자가 무려 백여든 명이었다. 성추행에 강간, 폭행과 협박까지.

곽도방은 그동안 절대 갑이라는 힘을 이용해서 부하들을 쥐어짜고 그들을 부려 먹었다. 그래서 어느 순간 부하들이 자신에게 저항하지 않는다고 생각했다.

사실 반은 맞고 반은 틀린 거다. 아래에서 저항하는 대부분의 사람들은 다른 놈들이 알아서 커트한 것이니까.

그리고 사람이라는 건 어느 순간 자신이 무시하는 인간에 대해서는 존재감 자체를 부여하지 않는 경우가 있다.

예를 들어서 카페에서 일할 때 보면 옆에 직원이 있음에도 불구하고 자신의 불륜이나 범죄 사실을 신나게 떠드는 사람들이 있다.

그들은 그런 종업원을 아예 공기처럼 인식한다. 그래서 자신의 범죄나 부당한 행동에 대해 거리낌 없이 떠들 수 있는 거다.

"그건 아마 곽도방도 마찬가지일 겁니다."

곽도방은 오리엔탈항공을 물려받은 2세다. 20대부터 오리엔탈항공에서 일하면서 온갖 갑질을 해 왔던 그가 과연 직원들을 사람으로 대우했을까?

"이런 말이 있죠, 때린 놈은 기억 못 해도 맞은 놈은 기억한다는."

때린 놈 입장에서야 그냥 재미 삼아서 벌인 일상일 뿐이지만 맞은 사람은 인생이 박살 난 일이었다.

그리고 그걸 덮은 게 노조다.

그런데 이제 맞은 놈들이 들고일어나는 시점에서, 때린 놈은 억울할 거다.

"아마 곽도방은 내가 언제 그랬냐고 떠들겠지만요."

"그러겠지. 하지만 내가 장담하는데 저것보다 많으면 많았지 결코 적지는 않을걸."

유민택조차도 몇 번 본 곽도방에 대해 기억을 더듬으면서 눈을 찡그리며 말했다.

"여자라고 하면 환장하는 놈이라서."

"그 정도인가요?"

"제법 유명하지. 그놈 사진을 보면 옆에 여자를 안 두고 찍은 사진이 거의 없다시피 할 정도니까."

노형진은 그 말에 혀를 끌끌 찼다.

예상은 했지만 직접 아는 사람 이야기를 들어 보니 답이 없어 보였다.

"그런데 상황은 알겠네. 다 좋아. 법원을 통해 정당한 값 어치를 측정하는 것도 좋고 그 후에 압력을 행사에서 파는 것도 좋아. 그런데 말이야, 그놈이 화가 나서 항공사를 팔지 않는다고 하면 어쩔 건가?"

"항공사를요? 그건 힘들걸요. 항공사가 곽도방 혼자 소유 한 것도 아니고."

이미 곽도방과 관련해서는 말이 많이 나왔다.

애초에 그가 모든 지분을 가지고 있는 것도 아니다.

오리엔탈항공은 곽도방 일파의 우호 지분으로 운영되었 다. 그리고 그 우호 지분은 기본적으로 경영권을 지키기 위 해 운영된다.

하지만 곽도방은 이미 회사를 매각하기로 한 상황이다.

"해외 매각이 이루어지지 않은 가장 큰 이유는 한국 정부 가 쥐고 있는 보험 때문이니까요."

"아, 하긴 그렇지."

한국의 국민연금이 주식시장에서 큰손인 것은 딱히 비밀 도 아니다. 그리고 국민연금은 자신들이 가진 주식을 이용해서 한국의 기업이 해외로 넘어가는 일을 막는 임무도 같이 한다.

"하지만 이번 같은 경우는 아니죠."

이건 한국 기업에서 한국 기업으로 넘어가는 상황이고, 곽도방의 경영권을 넘기지 않는 걸 조건으로 삼기에는 그의 실책이 너무 크다.

사실상 흑자 기업을 혼자서 말아 먹은 상황이니까.

더군다나 대룡에 오리엔탈항공을 인수하라고 한 게 현 정부다. 당연히 그들이 곽도방을 위해 반대표를 행사할 리가 없다.

"일부 충성파야 있겠습니다만."

어디까지나 그들은 소수.

주식을 가진 사람의 이권이 우선인 상황에서 망한 오리엔탈항공이라는 타이틀보다는 대룡그룹의 주요 계열사라는 타이틀이 훨씬 더 좋다.

"뭐, 곽도방이 끝까지 팔지 않으려고 버틸 수도 있지 않나."

"하지만 법원에서 판결을 내리면 팔지 않을 수도 없죠. 쥐고 있는 물건이 아니니까. 다만 그걸 위해선 약간의 압력도 필요한 법이지요."

노형진은 자신 있게 웃었다.

"은혜도 모르는 개 같은 새끼들이 감히 날 고소해?"

오리엔탈항공의 피해자들이 자신을 고소했다는 소식을 들은 곽도방은 얼굴이 붉으락푸르락해졌다.

그는 자신이 성추행으로 고소당했다는 말을 들었을 때만 해도 비웃음을 날렸다. 지금까지 그런 고소가 들어온 게 한두 번이 아니었으니까.

경찰에 고소장이 접수되면 검찰보다 자신에게 먼저 연락이 오고, 그 후에는 자신과 회사의 힘으로 상대방을 찍어 누르면 되는 거였다.

간단한 일이었고 단 한 번도 실패한 적이 없는 일이었다.

지금 그가 망각한 것은, 그건 곽도방이라는 인물이 가진 권력이 아니라 오리엔탈항공이라는 기업 총수의 권력이었다는 거다.

그걸 완전히 잊어버리고 있던 곽도방은 비웃음으로 무시했지만 어느 순간 상황이 이상하게 돌아가고 있다는 걸 알았다.

경찰에서의 연락도, 회사에서의 연락도 없었던 것.

그리고 나중에서야 그 고소의 배경에는 회사의 노조가 있다는 사실이 드러났다.

정확하게는, 노조는 그간 자신들이 묻어 버린 모든 사건의 증거들을 쥐고 있었고 그들은 곽도방을 손절 칠 기회라고 생각하자마자 바로 행동으로 옮긴 것이다.

곽도방이 몰랐던 건, 아무리 노조가 그의 눈치를 보고 있다고 해도 결국 기업인과 노조는 친해질 수 없다는 것이었다.

"이런 개 같은 새끼들이 이제 와서 내 뒤통수를 쳐? 어?"

성추행뿐만 아니라 온갖 범죄와 보복에 대해서도 고발이 계속되고 있었기에 결국 그 모든 정보는 언론에 넘어갈 수밖에 없었다.

썩어 가는 오리엔탈항공. 그 해답은?

항공사가 아니라 거대한 욕망의 항아리

"우리는 사장의 기쁨조였다." 오리엔탈항공에서 퇴사한 여성 근로자의 절규

온갖 자극적이고 원색적인 제목으로 뉴스가 나가기 시작했고 그 파급력은 어마어마했다.

–우리나라에 멀쩡한 기업이 대룡 말고 있을 리가 없지.

–대룡도 별반 다르지 않은 거 아님?

–그럴지도 모르지. 하지만 오리엔탈만 할까?

말 그대로 개판이 된 상황.

언론에서는 그걸 가지고 신나게 떠들고 있었다. 그리고 그만큼 곽도방은 자신이 가지고 갈 수 있는 돈이 점점 더 줄어드는 게 느껴졌다.

"망할 새끼들! 이거 대룡 그 새끼들 짓이지? 그렇지!"

그게 아니면 갑자기 자기 추문이 이렇게 새어 나갈 수는 없다. 곽도방은 그렇게 생각했다.

"하, 미친 새끼들! 이런다고 해서 우리가 회사를 넘길 거라고 생각하는 거야? 이런 미친 새끼들을 봤나! 야, 배 째라고 해! 못 줘! 안 줘!"

당연하게도 곽도방은 길길이 날뛰면서 절대로 회사를 넘길 수 없다고 소리를 바락바락 질렀다.

하지만 여전히 이성이 남아 있는 비서는 그런 곽도방에게 안타깝다는 듯 조언을 남겼다.

"회장님, 현재로서는 매각을 거부하는 게 불가능합니다."

"뭐? 씨팔. 그딴 게 어디 있어! 내가 회장이야! 내가 그룹 회장인데! 내가 안 팔겠다는데 무슨 문제 있느냐고!"

"주주들이 회장님을 놔둘지 모르겠습니다."

"날 놔둘지 모른다니?"

"현재 오리엔탈항공의 주가는 상승 중입니다."

다른 곳도 아닌 대룡에서 인수한다는 말에, 너도나도 버려졌던 오리엔탈항공의 주식을 구입하기 시작한 것이다.

"뭐?"

그 말에 곽도방은 기가 막혔다.

자신은 팔 생각이 눈곱만큼도 없는데 다른 놈들은 이미 팔릴 거라고 예상하고 주식을 슬금슬금 모으고 있었다니.

'그걸 막을 수는 없겠지.'

곽도방이 가진 주식은 말 그대로 한 줌이다. 그리고 곽도방은 이기적인 인간이다.

그의 우호 지분은 어디까지나 오리엔탈항공이 해외에 팔리는 걸 막고 싶어서 방어하기 위한 목적으로 움직이는 이들이었지 국내의 건실한 기업에 팔리는 것까지 막고 싶어 하는 이들은 아니었다.

도리어 곽도방이 운영하면서 적자 폭은 더 커졌고 이제는 회사에 있는 모든 것을 팔아도 그 적자를 막을 수가 없게 되었다.

그런데 그 와중에 회장이라는 사람이 자기 혼자 살겠다고 회사의 이름을 날름 채 가서 그걸로 돈을 받겠다고 하고 있으니 우호 지분이 떠나는 건 당연하다.

거기다 그 과정에 들어간 비용과 변호사비 등등을 모두 회삿돈으로 지급했으니 졸지에 강도 새끼가 회사를 운영하는 형태가 되어 버린 거다.

그렇다고 잘라 버리자니, 이미 만신창이가 되어 버린 오리엔탈항공은 대표가 바뀌어 버린 상황을 버틸 힘이 없었다.

정확하게는 그나마 남은 피라도 빨아먹으려고 달라붙어

있는 곽도방 일파를 쳐 내서 내전이라도 벌어지면 버틸 수
있는 힘이 부족했다.

사람도 체력이 없으면 수술을 하지 못하는 것처럼 기업 역
시 마찬가지이기 때문이다.

결국 오리엔탈항공은 천천히 죽어 가는 것 말고는 방법이
없었다.

그래서 느긋하게 오리엔탈항공이라는 마지막 뼈다귀를 뜯
어 먹을 생각이었던 곽도방이었지만, 노형진이 생각지도 못
한 부분에서부터 치고 들어오니 당황할 수밖에 없었다.

"어떻게 해서든 막아."

"어떻게요?"

"내가 어떻게 알아! 그건 너희가 막아야지!"

곽도방은 부하 직원에게 버럭 화를 냈다.

하지만 그는 몰랐다, 권력을 잃어버린 권력자라는 존재가
얼마나 힘이 없는지.

⚖️

"곽도방 그 인간이 요즘 선을 너무 과하게 넘더군요."

대룡에서는 곽도방이 저지른 범죄의 피해자들에게 법률
지원 차원에서 새론을 붙여 줬다. 그리고 새론에 새롭게 생
긴 조직 대외 협력 팀은 이 사건에서 아주 열심히 일하고 있

었다.

그들은 안다, 이런 일이 성공했을 때 그에 대한 보상이 얼마나 달콤한지.

"곽도방이 주제도 모르고 설치고 다니기는 했지요."

오지도는 이번 사건을 일부 담당하기로 했다.

그가 왜 일부를 담당하기로 했느냐면, 그가 피해자를 보호하는 역할이 아니기 때문이다.

새론의 다른 변호사들이 싫어하는 더러운 일. 그걸 해 줄 사람을 찾았던 게 노형진의 계획이었고, 청계 출신들은 새론이라는 이름을 뒤에 두기 위해 기꺼이 그 줄을 잡았다.

"곽도방이 요즘 간땡이가 붓기는 했어요."

조용한 룸살롱.

한때 청계에서 주로 사용하던 룸이었다. 하지만 청계가 사라졌으니 더 이상 여기를 쓸 일은 없을 거라 생각했다.

'그런데 다시 돌아왔군, 후후후.'

물론 많은 것이 바뀌었다.

다들 전처럼 여자를 끼고 있지 않았다. 또한 마스크를 쓰고 있다.

그리고 여기에 있는 상당수 사람들이 바뀌었다.

하지만 그렇다고 이 방의 본질적인 의미가 바뀐 건 아니다. 그저 그게 합법의 영역으로 들어왔을 뿐.

"우리 새론에서는 곽도방 사장이 허튼짓을 할까 걱정입니다."

오지도는 미소를 지었다.

'곽도방 네가 뭔 짓을 해도 우리보다는 느릴 거다.'

물론 곽도방도 나름 장학생을 키웠을 거다.

하지만 지난 몇 년간 대기업이 키운 장학생은 대부분 모가지가 날아갔다.

결국 새롭게 접근해서 안면을 트고 인맥을 쌓아야 한다.

그런데 이제 망해 가는 대기업 쪽에서 고개 뻣뻣하게 들고 만나자고 하는 것과, 잘나가는 로펌에서 슬며시 접근해서 친하게 지내자고 하는 것 중 어느 쪽이 더 검사들에게 유리할지는 뻔했다.

"곽도방 사장이 아직 자기 상황을 모르는데 훈계를 좀 해 줘야 하지 않겠습니까?"

오지도가 이렇게 말하는 이유는 간단했다.

일이 터졌으니 곽도방은 사건을 덮으려고 할 거다. 그러기 위해서는 검사와 접촉하는 건 필수였다.

경찰에서 덮어 봐야 검찰에서 재수사하라고 하면 끝이니까.

"아, 걱정하지 마십시오. 그렇잖아도 제 후배 녀석이 재미있는 이야기를 하더군요."

"재미있는 이야기?"

"오리엔탈항공 비서실에서 잠깐 얼굴을 보자고 했다고 합니다."

"오호, 그래서요?"

"그래서는요, 뭐. 잘 조사해 보라고 했지요."

남자의 말에 오지도는 빙긋 웃었다.

"한잔 드시죠. 우리는 마음이 잘 맞는 것 같네요."

⚖️

−오리엔탈항공의 직원 중 일부가 뇌물 공여 혐의로 현장에서 체포되었습니다. 오리엔탈항공 직원이라고만 알려진 이 남성은 담당 검사에게 접근, 막대한 뇌물을 조건으로 사건을 무마해 줄 것을 청탁하였으나, 검사는 현장에서 해당 남성을 체포하였습니다.

그동안 온갖 똥물을 뒤집어쓴 검찰이다. 얼마 전에도 송정한에게 뇌물죄를 뒤집어씌우려고 했다가 걸린 그들이기에 어떻게 해서든 이미지를 바꿔야 했고, 그 때문에 이번 사건은 빠르게 대중에 공개되었다.

검찰 입장에서도 자신들의 부도덕한 뉴스를 덮어야 할 필요성이 있었으니까.

당연히 언론에서는 대서특필했고, 여론은 극단적으로 악화되었다.

"이게 아닌데?"

지금까지 뇌물을 주려고 접근해도 거절은 할지언정 현장

에서 뇌물 공여로 체포한 적은 없기에 완전히 방심하고 저지른 일이었다.

하지만 현장에서 체포하고 심지어 막을 틈도 없이 언론에 공개되어 버리자 곽도방은 미칠 것 같았다.

지금까지와는 전혀 다른 상황이었다.

그리고 이제야 그는 자신이 권력을 잃어버리고 있다는 걸 조금이나마 느낄 수 있었다.

하지만 인간은 자신의 추락을 쉽게 받아들일 수 있는 그런 존재가 아니다.

특히나 높은 곳에 있던 놈일수록 더더욱 그랬다.

"이 개 같은 새끼야! 일을 어떻게 하는 거야!"

보고를 하던 비서에게 분노의 날아 차기를 시전한 곽도방은 쓰러진 그를 발로 계속 찼다.

"이 개 같은 새끼! 일을 그따위로 하니까 네가 그 모양인 거 아니야!"

그 발길질을 비서는 피하지 못하고 몸을 웅크린 채 고스란히 당해야 했다.

"헉헉, 씨팔."

곽도방은 분노를 삼키면서 폭행을 멈췄다.

사실 그가 착해서 멈춘 게 아니었다. 체력이 부족해서 멈춘 것이다.

"이번이 마지막 기회야. 어떻게 해서든 무마해."

"하지만……."

"어떻게 해서든 무마하라고! 고소한 년들 팬티 속에 돈을 찔러 넣어 주든 아가리를 찢어 버리든 무조건 덮어! 알았어?"

그 말에 비서는 고개를 푹 숙였다.

"씨팔, 저런 병신 같은 새끼를 비서라고."

그렇게 힘없이 나온 비서는 화장실에 가서 피를 닦고는 밖으로 나왔다.

그런 그를 직원들은 불쌍하게 바라봤지만 누구도 말을 걸어 주지는 않았다.

비서는 그들의 시선을 느끼면서 아래층으로 터벅터벅 내려왔다. 그리고 본사 건물에서 나가 그대로 택시를 타고 어디론가 향했다.

그가 도착한 곳은 어느 마트 옆에 있는 실내 주차장이었다.

그는 주변을 두리번거리더니 좀 떨어진 승용차의 뒷좌석에 몸을 실었다.

그곳에는 이미 정장을 입은 한 남자가 앉아 있었다. 바로 노형진이었다.

노형진이 혀를 끌끌 찼다.

"고민도 안 하셨나 보네요."

"고민할 가치도 없었습니다."

비서는 품에서 뭔가를 꺼냈다.

그건 그가 몸을 웅크리면서 필사적으로 보호하려고 했던 물건.

다름 아닌 녹음기였다.

"이걸로 제 고용을 보장해 주시는 거죠?"

"네. 물론 비서실은 무리라는 거 아시죠? 시선이 있으니까."

"비서실은 제 쪽에서 거절하겠습니다. 사무직이라면 어디든 가겠습니다만."

사실 오리엔탈항공이 인수되면 비서도 갈 곳이 없어지는 것은 당연한 일.

문제는 다른 곳도 다른 곳이지만 비서실처럼 경영에 직접적으로 연관된 경우, 망한 회사 출신을 쓰지 않는 게 불문율에 가깝다는 거다.

회장 비서실 출신이라고 하면 스카우트가 잘될 것 같지만 그건 어디까지나 40대 이상 50대 초반의, 실무 좀 하고 인맥으로 조용히 일하는 타입들의 이야기.

20대 중반의 비서는 말이 좋아서 비서지 소위 말하는 시다바리라는 걸 알 사람은 다 알기에 어디로도 가기 힘들다.

당장 그런 보고도 다른 사람이 해야 하지만 현장에서 체포당한 인물이 바로 그 비서이기에 결국 그나마 연차 있는 그가 보고했다가 신나게 두들겨 맞은 것이다.

"그리고 이 상황을 예상하신 분이 하는 말씀이라면 당연히 들어야지요."

처음에 노형진이 접근할 때만 해도 그는 이런 일이 벌어질 줄 몰랐다. 하지만 노형진이 말한 대로 상황이 흘러갔고, 미리 준비된 녹음기로 그 모든 걸 녹음할 수 있었다.

"좋은 결정입니다."

노형진은 웃으면서 녹음 파일을 잡았다.

"이제 피날레만 남았네요, 후후후."

⚖

노형진은 곽도방이 상표권을 팔지 않을 거라는 걸 알았다.

사실 곽도방 성격상 화가 나서라도 오리엔탈항공이라는 상표를 자기가 쥐고 결코 팔지 않을 거라고 생각했다.

"그 때문에 이런 식으로 준비한 거죠."

노형진은 유민택에게 오늘 자 신문을 건넸다.

피해자 입을 찢어서라도 막아라. 오리엔탈항공 회장 곽도방의 혐오 발언

대한민국 2대 항공사 오리엔탈항공의 더러운 민낯

"흠, 욕을 바가지로 먹고 있군."

녹음 파일을 공개했는데 묻힐 리가 없다.

당연히 곽도방은 욕을 견디다 못해 잠수를 타 버렸다. 아예 출근도 하지 않는 상황.

"그리고 내일 아침, 새로운 뉴스로 곽도방의 요구 사항이 나갈 겁니다."

"그 매년 200억 달라는 거?"

"네, 그리고 욕을 바가지로 먹겠지요."

"흠…… 그런다고 해서 그놈이 팔까?"

"파는 게 문제가 아닙니다. 중요한 건 재판부에서 그 가치를 후려칠 거라는 거죠."

"어째서?"

"가치는 상대적인 거니까요."

오리엔탈항공이라는 상표는 분명 역사에서 좋은 이미지를 남겨 왔다. 하지만 지금 곽도방의 손에 있는 상황에서는 좋은 이미지는커녕 똥칠밖에 안 된다.

더 웃긴 건, 오리엔탈항공이 뭘 잘못해서 똥칠이 된 게 아니라 곽도방이라는 사장 놈 때문에 똥이 엉겨 붙은 꼴이라는 거다.

"즉, 곽도방의 손아귀에 있으면 제대로 된 가치를 인정받지 못한다는 거죠."

"호오? 그렇군."

결국 재판부는 이 상표의 매각에 들어갈 테고 그 가치를 엄청나게 짜게 매길 거다.

"그리고 우리는 거기에 관심을 보일 이유가 없습니다."

"어째서 말인가? 필요한 건 우린데."

"그러니까 관심을 보여서는 안 됩니다. 가치를 떨궈야 하니까요. 최대한 싸게 후려치는 게 제 목적입니다."

그리고 그 결과는 얼마 지나지 않아 나타났다.

⚖️

"이런 씨팔. 뭐? 50억? 장난해? 고작 50억이라고?"

오리엔탈항공이라는 상표권.

그 상표권에 부여된 값어치는 일시불로 50억.

곽도방 입장에서는 터무니없는 가격이었다.

손해배상을 받기 위해 피해자들이 소송을 걸었는데 곽도방에게 그나마 재산이라고 할 만한 건 그 상표권뿐이었다.

재판부는 당연히 해당 상표권에 대한 가치 심사에 들어갔다.

그리고 심사 직전에 터진 곽도방의 폭행 사건과 피해자 모욕 사건은 그 가치를 바닥으로 박아 넣어 버렸다.

그 결과, 일시불 50억이라는 가치가 나온 것이다.

매년 200억을 요구하던 곽도방 입장에서는 어이가 없고

팔짝 뛸 일이었다.

"이게 말이나 돼? 아니, 그게 값어치가 얼마나 높은 건데!"

자신이 왜 우호 지분들과 척지면서까지 그걸 꿀꺽했겠는가? 다 정리된 후에 자신이라도 잘 먹고 잘살기 위해서가 아닌가?

그런데 고작 50억이란다. 그마저도 저 개 같은 잡년들에게 돈을 주고 나면 남는 게 없다.

"이런 씨팔. 말도 안 돼!"

곽도방은 분노로 길길이 날뛰었다.

하지만 그가 그런다고 해서 이미 정해진 값어치가 올라갈리가 없었다.

도리어 노형진은 그 오리엔탈항공이라는 상표의 값어치를 지금보다 더 바닥으로 처박을 생각이었다.

⚖

"그러니까 대룡에서는 굳이 오리엔탈항공이라는 이름을 이어받을 생각이 없다 이건가요?"

"네. 굳이 그럴 이유가 있나요?"

"하지만 오리엔탈항공의 역사적인 가치와 전통이 있는데요."

"그 전통은 이미 범죄자가 쥐고 통칠을 하고 있죠. 물론 정당한 값어치라면 구입할 의사가 있습니다. 하지만 매년 200억입니다. 그 돈이 어디서 나올까요? 우리 항공사를 이용하게 될 고객들로부터 뜯어내서 내놓으라는 건데, 저희 대룡이 언제부터 그렇게 범죄자에게 약한 모습을 보였다고 설설 기겠습니까?"

대룡에서는 기자회견을 했다. 당연히 그 주제는 현재 진행되고 있는 오리엔탈항공에 관련된 것이었다.

"오리엔탈항공의 대표인 곽도방 씨께서는 그러면 매년 200억을 요구하신 건가요?"

"그렇습니다. 하지만 법원의 심사에서도 알 수 있다시피 오리엔탈항공이라는 브랜드가 가지는 가치는 고작해야 50억 정도입니다."

애초에 협상이 진행될 수가 없을 정도로 갭이 큰 상황.

"하지만 오리엔탈항공에 대해 이렇게 적대적인 말씀을 하시면 인수에 문제가 생길 수도 있는 거 아닌가요?"

"적대적이라. 그렇게 볼 수도 있겠지요. 맞습니다. 오리엔탈항공이라는 이름은 한국에서 오래된 역사를 가졌습니다. 분명 그 역사적 가치가 있는 이름이지요. 하지만 그 이름하에 누군가를 피해자로 만들면서 착취한다면 그게 전통과 무슨 관련이 있을까요? 우리는 그걸 전통이 아니라 악습이라고 부릅니다. 저희가 인수하고자 하는 오리엔탈항공은 지난

40년이 넘는 세월 동안 이어진 역사와 하늘길을 열고 개척했던 정신이지, 그 이름하에 착취를 하고 싶지는 않습니다."

단호하면서 확실한 대답.

인터뷰가 좀 더 이어졌지만 한 가지는 확실했다.

대룡은 오리엔탈항공이라는 이름에 그다지 관심이 없다.

이어받을 수 있으면 좋지만 굳이 꼭 그래야만 할 이유는 없다는 말.

그 말은 곽도방을 코너로 몰기에 충분했다.

"아마도 곽도방은 오리엔탈항공이라는 이름을 무조건 이어받을 거라 생각했을 겁니다. 그게 이득이니까요."

"그래, 원래는 그랬지."

따로 홍보하거나 할 필요 없이 그저 이어받으면 된다고 생각했을 것이다.

"그런데 우리가 포기한다고 하면 그걸 누가 사려고 할까요?"

"흠, 그거야……."

"시장가치라는 것은 결국 시장이 존재해야 매겨지는 법입니다. 하지만 지금 오리엔탈항공이라는 이름은 구매자 자체가 없죠."

"하긴, 한국항공이 나가떨어졌으니까."

그나마 남은 건 대룡뿐이다. 그런데 대룡에서 사지 않겠다고 하면?

"가치는 없는 거나 마찬가지입니다. 현 상황에서는 말입니다."

항공사들은 각자 브랜드가 있고 각자의 이미지가 있다. 그런데 과연 어떤 항공사가 자기 이름 버리고 오리엔탈항공이라는 이름을 사 가면서까지 바꾸려고 하겠는가?

결국 오리엔탈항공이라는 이름으로 영업을 시작하기 위해서는 완전히 신흥 업체여야 한다.

하지만 신흥 항공사가 생기는 게 쉬운 일일까?

그렇잖아도 덩치가 커서 진짜 어마어마한 투자를 퍼부어야 시작할 수 있는 게 항공사인데? 그것도 지금 같은 코델09 바이러스 시기에?

설사 생긴다고 한들 오리엔탈이라는 이름은 동양적인 이미지가 너무 강하다. 당연히 서양권 항공사에서 사려고 할 만한 이미지가 아니다.

결국 구입처는 동남아를 비롯한 아시아인데, 동남아 항공에서 매년 비행기 한 대 값을 줘 가면서까지 그 이름을 살 리는 없다.

일본의 경우는 아예 신흥 항공사 자체가 생겨날 자리 자체가 없다.

그나마 가능성이 있는 것은 중국 정도다.

그나마도 거의 기적에 가깝지만, 설사 나타난다 한들 중국 회사가 굳이 한국 사람에게 오리엔탈항공이라는 이름을 사서 쓸까?

그냥 가져다 써도 어차피 국가가 다르다면서 정부에서 다 보호해 줄 텐데.

"자연스럽게 서로 신분이 바뀌는 거죠."

처음에는 분명 곽도방에게 '팔아 주세요.'라고 부탁하는 처지였지만 지금은 '거래해 봅시다.'를 넘어서서 이제는 반대로 곽도방이 '제발 사 주세요.'라고 빌어야 하는 상황이 되어 버린 거다.

"전에 말씀드린 것처럼 상표라는 건 정당한 사람의 손안에 있어야 그 가치를 가지는 겁니다."

하물며 항공업같이 어마무시한 자본이 투입되는 산업의 경우, 군이 남이 쓰다 망해 버린 회사의 이름을 쓰려고 할 리가 없다.

"정당한 계승자가 사용을 거부하면 그 값어치 또한 없다 이거군."

"맞습니다. 그리고 그 때문에 곽도방은 이제 어디로도 가지 못하지요."

⚖

곽도방은 부들부들 떨었다. 자신이 이렇게 바닥으로 처박힐 거라 누가 상상이나 했겠는가?

그는 지금 수많은 고소 고발 사건으로 감옥에 들어왔다.

그러자 그걸 핑계로 그의 아내는 이혼소송을 하고 귀책사유를 물어서 남은 재산을 다 내놓으라고 하는 중이었다.

자식들은 혹시나 자신들이 사 둔 물건까지 빼앗길까 두려워서 전 재산을 들고 어디론가 사라져 버렸다.

물론 해외에 돈을 숨겨 두기는 했다. 하지만 그걸 쓰기 위해서는 해외로 나가야 한다.

그러나 수십 건의 강간으로 감옥에 들어온 곽도방은 나갈 수가 없었다.

변호사? 변호사 선임은커녕 사식 하나 사 먹을 돈도 없었다.

모든 자산은 동결되었고 그가 애지중지하던 오리엔탈항공이라는 브랜드 역시 가치가 없다고 판단되고 있다.

법원에서는 50억이라고 판단했지만 누구도 사지 않았기에 경매가는 계속 떨어지고 있었다.

50억에서 45억으로, 그리고 40억으로.

하지만 누구도 관심을 보이지 않았다.

"그래서 나를 만나자고 했다고?"

이제 여기에 오리엔탈항공을 운영하던 곽도방은 없다.

늙고 추레한, 그리고 힘없는 늙은이만 있을 뿐이었다.

"유 회장, 우리 사이에 이건 아니지 않나?"

유민택은 곽도방의 말에 피식 웃었다.

"우리 사이가 뭐?"

"뭐?"

"자네는 회사에서 잘렸지. 주식도 압류당한 상태고. 나는 자네가 가진 상표권에 관심이 없어. 그런데 자네와 내가 무슨 관계라고 생각하는 건가?"

그 말에 곽도방은 번개에 맞은 느낌이었다.

"우리 사이라……. 그래, 한때 재계에 같이 몸담았으니까 그 정 때문에 찾아온 거야. 그런데 뭘 어쩌란 말인가?"

"그……."

곽도방은 숨이 막힐 것 같았다.

그의 착각이었다. 이제 같은 선에 있지 않았다.

분노? 그것도 어느 정도 차이가 날 때나 가능하다. 무일푼의 범죄자가 분노한다고 해서 재벌가를 뒤집는 것은 소설에서나 가능한 일이다.

하물며 자신은 이제 죽을 날만 남은 사람이 아니던가?

"내가 가진 상표를 사 주게나. 아니…… 사 주십시오."

이제 남은 건 그것뿐이다.

성범죄는 합의 상황에 따라 형량이 엄청나게 변한다. 최소한 늙어 죽기 전에 세상이라도 한번 보려면 어떻게 해서든 합의해야 한다.

"싫네만. 내가 왜 매년 200억이나 줘야 하지? 어차피 자네는 그 돈을 쓰지도 못할 텐데."

이것이 삶이다

"50억. 법원에서 정한 대로 50억만 받겠습니다."

그 말에 유민택은 피식하고 비웃음을 날렸다.

"법원에서 처음에는 50억이라고 했지. 하지만 지금 경매에서는 40억까지 떨어졌다네. 그런데 내가 왜 자네한테 그 돈을 주지? 그냥 떨어질 때까지 떨어진 후에 사면 되는데."

"그건……."

곽도방은 고개를 푹 숙였다.

만일 자신이 과한 욕심만 안 냈다면 어땠을까? 아마도 조금은 여유로운 삶을 살지 않았을까?

후회했지만, 이미 시간은 많이 늦었다.

"30억. 그 이상으로는 못 줘."

유민택의 말은 차가웠고, 곽도방은 거절할 수가 없었다.

⚖️

"곽도방이 집행유예로 나왔다고요?"

"있는 돈을 다 합의금으로 퍼 준 모양이야."

"과한 욕심의 끝을 보는군요."

노형진은 혀를 끌끌 찼다.

물론 합의만으로 풀려난 건 아니었다. 곽도방의 나이가 나이이다 보니 감옥에서 죽을까 봐 풀어 줬다고 봐야 한다.

"실제로 폭삭 늙었다네. 지금은 작은 고시원을 얻어서 거기서 생활하고 있다고 하더군. 물론 감춰 둔 돈이 없는 건 아니겠지만 우리 쪽에서 붙여 둔 전문가들이 아직 피해자 쪽에 있으니 섣불리 돈을 꺼내지는 못하겠지."

"자식들은요?"

"서로 못 모시겠다고 멱살 잡고 싸웠다고 하더군."

곽도방은 돈도 없고 이제 죽을 일만 남은 노인이다. 데리고 있어 봐야 기자들만 꼬이고 자기들만 불편하니까 결국 자식들에게조차도 버려진 거다.

"쓸쓸한 말로군요."

"쓸쓸한 말로지."

유민택은 자신과 같았던 부자의 몰락을 보면서 쓰게 웃었다.

"'나는 그렇게 늙지 말아야지.'라는 생각이 들더군."

"걱정하지 마세요. 유 회장님은 잘하고 계십니다."

노형진은 웃으며 말했다.

"그건 제가 보장할 수 있습니다."

"그래? 그 말에 안심이 되는군."

유민택은 부드럽게 웃으며 노형진을 바라보았다.

"자네 덕분이야."

노형진은 그저 웃고 있을 뿐이었다.

"나 때는 그런 거 없었는데 말이죠."

의뢰인의 말에 무태식 변호사가 신기하다는 듯 말했다.

"나 때 병장 월급이 5만 원인가, 6만 원인가 그랬던 것 같은데."

"지금은 병사들 월급이 많이 올랐습니다. 병장이면 54만 원 정도 됩니다."

"적지는 않네요."

무태식은 고개를 끄덕거리면서 의뢰인을 바라보았다.

"그래서 빵집도 생긴 건가요?"

"네, 요즘은 군 내부에 많은 게 바뀌었습니다."

치킨집도 생기고 빵집도 생기고 여러 가지 복지 시설도 생졌다.

병사들의 월급이 과거보다 늘었으니까.

1인당 50만 원 정도면 큰돈은 아니지만 군대란 집단은 잘 먹는 20대 남성 수백 명이 모여 있는 곳.

자리만 잡을 수 있다면 고정 수익을 내기는 어렵지 않았다.

"물론 공짜로 들어가는 건 아니죠?"

"네, 당연히 월세도 내야 하고 일부 복지 기금도 내야 합니다."

그 말에 무태식은 피식하고 웃었다.

"역시 그렇군요. 이거야 원, 이 새끼들은 빼먹기만 잘 빼먹네."

"뭐, 너무 나쁘게 생각하지 마세요. 결국 필요하니까 들어간 거니까요. 병사라고 여가 생활을 없애는 게 이상한 거 아닙니까."

"하긴, 그건 그렇기는 한데 그래도 제가 아는 군대를 생각하면 절대 돈을 적게 받을 것 같진 않은데요."

무태식의 말에 김도우는 고개를 끄덕거리면서 인정했다.

"솔직히 저도 그 기부금을 감수하고 들어갔습니다. 사람이 짬밥만 먹고는 못 살지 않습니까?"

"그건 그렇죠."

하물며 한국의 군대밥, 속칭 짬밥은 진짜 질이 낮기로 유명하다.

"와, 트라우마 오네요, 진짜."

논현 훈련소 시절 죄수가 먹으면 교도소가 뒤집힐 정도의 밥을 내주면서 감사히 먹으라고 윽박지르던 조교 생각이 잠깐 머릿속을 스치고 지나갔기에 무태식은 고개를 흔들어 잡생각을 떨쳐 냈다.

"그런데 망하게 하려고 한다고요?"

"네, 위에 말도 해 봤는데 들은 척도 안 합니다."

"국방부에 항의는 해 봤습니까?"

"해 봤지요. 그런데 각 군의 사항은 자기들이 결정할 일이지 국방부에서 결정할 게 아니랍니다."

"흠…… 이거 아무래도 사장님을 내쫓으려고 하는 것 같은데요."

"저를요?"

"한 달 매출이 얼마나 나옵니까?"

"한 달에 순수익으로 한 600만 원은 나옵니다."

"순수익으로요?"

"병사들뿐만 아니라 장교들이나 그 와이프들도 많이 사 먹으니까요."

"하긴, 그러겠네요."

여자들은 빵을 좋아한다. 그런데 군대 특성상 대부분 도심과 떨어져 있다.

빵 하나 사 먹으려면 차 끌고 30~40분을 가야 하는데 그게 좋을 리가 없다.

"그래서 병사들에게 사용 통제를 한다라……."

사건의 내용은 간단했다.

부대 안에 빵집이 생겼다. 대략 8개월 정도 장사는 잘되었다. 주인인 김도우에게 병사들을 대상으로 원가를 아껴 가면서 맛없는 빵을 팔 생각은 애초부터 없었기 때문이다.

도리어 외부 빵집보다 맛있다는 소문이 돌 정도로 그는 빵에 자부심이 있었다.

"그런데 갑자기 빵 통제라니 어이가 없기는 없네요."

그런데 어느 순간 갑자기 통제령이 떨어진 것이다.

병사들이 빵을 먹느라고 군내 급식을 먹지 않는 문제와, 그로 인해 빵을 사러 오는 장교들과 그 가족들이 빵을 못 사는 사태가 발생하자 병사들의 빵 구입을 무기한 막아 버린 것.

"그게 벌써 4개월째입니다."

8개월 장사하고 4개월째 장교만 대상으로 빵을 팔고 있다고 한다.

아무리 빵이 좋아도 빵을 주식으로 삼을 수는 없다.

당연히 적자는 무차별적으로 늘어나기 시작했다. 군대라고 해서 월세를 내지 않는 것은 아니니까.

하지만 월세는 받아 가면서 정작 병사들은 빵집을 사용하지 못하게 막아 버린 탓에 빵집은 망하기 직전.

"이러다가는 진짜 망하게 생겼습니다. 저 거기에 무려 2억 가까이 돈을 들였단 말입니다."

외부에서 받아 오는 빵집이라면 그럴 이유가 없지만, 김도우는 그럴 생각이 없었다.

자식 같은 병사들에게 외부에서 들어오는 빵을 대충 먹일 생각이 없기에 그는 직접 거기에 오븐기를 설치했다.

거기다 군대의 특성상 도시가스가 들어가지 않기 때문에 비싼 돈을 주고 LPG 가스를 사다 써야 했다.

그마저도 군부대에 배달 차량이 들어오지 못해서 직접 가서 사 와야 하는 번거로움도 마다하지 않았다.

"이건 뭔가 작정한 것 같은데."

무태식은 잠깐 고민하다가 자리에서 일어났다.

"저랑 같이 가시죠."

"어딜요?"

"군대 조지는 거에 아주 타고나신 분이 있거든요."

자신의 힘으로 어쩔 수 없다는 걸 느낀 무태식은 간단하게 말했다.

"어차피 군대는 법원 말을 안 들을 테니까요."

아무리 법원을 통해 말해 봐야 국가 보안이니 나발이니 하는 논리로 무시할 게 뻔하다. 이럴 때는 직접적으로 손쓸 수 있는 사람을 찾아가는 게 답이다.

"노형진 변호사에게 찾아가 보죠. 그분이라면 해결해 드릴 수 있을 겁니다."

"흠······."

노형진은 무태식 변호사에게서 사건 파일을 받아 읽어 보고는 혀를 끌끌 찼다.

"무 변호사님은 어떻게 생각하세요?"

"뻔한 거 아닙니까? 장군님 가족 중 누가 제과 제빵 자격증이라도 딴 거죠."

"예리하시네요."

"예리하기보단, 뻔한 거 아닙니까?"

무태식의 말에 노형진은 고개를 끄덕거렸다.

"하긴, 뻔하기는 하죠."

계약 기간은 5년이다. 그리고 빵집에 대해 병사들도 불만이 없었다.

도리어 맛집이라고 소문나서, 밖에서 빵을 사다 달라고 하는 사람들까지 있을 정도라고 했다.

"그런데 갑자기 병사들을 빵집에 못 가게 통제한다라······."

물론 잠깐 훈계조로 병사들에게 일주일간 사용을 금지할수는 있다.

실제로 병사들의 기강이 전반적으로 해이해져 지휘관이 일주일 정도 PX 사용 금지를 하는 경우는 과거에도 종종 있었다.

"하지만 벌써 네 달째 빵집 사용을 금지한다는 건 그냥 다 털고 나가라는 거죠."

명백하게 김도우를 망하게 하기 위해 수작을 부린다고 볼 수 있다.

"더군다나 순수익이 600만 원요?"

"네, 그 정도 됩니다."

"원가를 아끼려고 한다면 얼마나 나올 것 같습니까?"

김도우는 빵을 만드는 데 돈을 아끼지 않는다. 그러니 당연히 원가도 높다.

"한…… 800만 원은 나오겠지요."

"800만 원이라……. 그러면 진짜 탐나는 자리이기는 하네요. 더군다나 독점이니."

빵을 아무리 개판으로 만들어도 짬밥보다는 나을 테니까.

"아마 주변에 조사해 보면 누가 제과 제빵 자격증을 따지 않았을까 싶네요."

더군다나 이미 해당 건물에는 빵집에 관련된 모든 시설이 다 들어가 있다. 만일 나가게 된다면 주인은 진짜 몸만 나가게 되는 거다.

"아니, 화가 나면 철거해 버릴 텐데요?"

무태식이 말도 안 된다는 듯 이야기하자 노형진은 피식 웃었다.

"어떻게요? 철거 인부 출입 허가가 안 나올 텐데."

"아……."

"거기다 엄밀하게 말하면 그건 군사시설입니다."

소유권은 군대에 있고 그걸 빌려 쓰는 거다.

"그런 걸 섣불리 부수면 군사법상 사보타주 혐의로 처벌받을 수도 있습니다."

"하지만 그건 제가 설치한 건데요."

"그게 문제입니다. 지금까지 전례가 없던 일이니까."

군대에서 민간 시설을 설치하고 그와 관련된 소유권 소송을 한 적은 지금까지 단 한 번도 없었다. 그러다 보니 어떻게 보면 코에 걸면 코걸이, 귀에 걸면 귀걸이가 되는 거다.

"거기다 과거의 사건 기록을 보면 국방부에서는 어떻게 해서든 군법으로 엮을 겁니다."

"과거 사건이라고요?"

"과거에 국방부에서 군 내부에 룸살롱을 운영한 적이 있거든요."

"네?"

"장군들을 위한 일종의 기쁨조였던 거죠. 일하다가 여자가 필요하면 언제든 찾아갈 수 있게 말입니다. 문제는 그걸 취재한 기자가 있었다는 거고."

그리고 국방부는 그 사실을 취재한 기자를 군법으로 처벌했다.

"상식적으로, 군 내부에 불법 성매매 업소를 운영한 것도 말이 안 되는데 그걸 취재한 기자도 강제로 처벌했죠. 그랬던 국방부가 과연 철거하게 가만둘까요?"

당연히 설치한 것 자체를 통째로 날로 집어삼키려고 할 거다.

"아니…… 도대체 왜요? 도대체 왜 저한테 그러는 겁니까?"

"그러니까요."

노형진의 말에 무태식은 반색하며 물었다.

"네? 무슨 말씀이십니까? 뭔가 아실 것 같습니까?"

"뭐, 안다기보다는 조금 이상한 부분이 있어서요."

"이상한 부분요?"

"네. 아시겠지만 영내에 베이커리를 받아들이는 정책은 부대에서 개별적으로 결정할 수 있는 게 아닙니다."

영내에 치킨집과 카페 그리고 베이커리 등을 받아들이는 정책은 국방부 차원에서 결정되어서 진행된 사항이다.

"김도우 씨가 있는 부대가 어디라고 했죠?"

"98사단입니다."

"그렇다면 98사단 거기서만 이루어지고 있는 게 아닐 거라는 거죠."

실제로 전군이 신식화하면서 많은 편의 시설들이 들어가

고 있다.

"일반적으로 거기에 들어가는 곳은 대기업입니다. 지금 해군에 있던 충성 클럽이 왜 편의점으로 바뀌었는지 생각해 보세요."

"아……."

해군 충성 클럽이 편의점으로 바뀐 이유.

그곳을 편의점으로 바꾸고 기업에서 기부금을 받기 위한 전략 때문이다.

군인들의 월급이 늘어나기 시작하자 국방부는 그걸 착취하기 위해 온갖 수작을 다 부렸다.

직접적으로 돈을 뜯어낼 수는 없으니 충성 클럽 대신에 편의점을 받아들이고, 그 대신에 기업에서 막대한 뇌물을 받아 챙기기로 한 것이다.

심지어 기존에 무료로 제공되던 세탁기마저 외부 업체를 들여서 모조리 유료로 바꾸기도 했다.

원래 육군과 공군도 슬쩍 편의점으로 모조리 바꾸려고 했지만 병사들에게 바가지만 씌운다는 불만이 많아지면서 흐지부지되어 버렸다.

실제로 군 내부의 편의점이 외부의 편의점보다 비싸다는 불만이 자꾸 나오고 있었다.

기본적으로 가격은 비슷하지만 다른 편의점에서 하는 1+1, 또는 사은 행사 같은 걸 전혀 하지 않기 때문이다.

이것이 법이다

"제가 알기로는요, 지금 김도우 씨가 계신 98사단을 제외하고는 대부분의 부대에 대기업 프랜차이즈가 들어가 있습니다."

"대기업 프랜차이즈요?"

"개인업자보다는 대기업이 뇌물을 더 줄 수 있는 거야 상식 아닙니까?"

그 말에 김도우의 얼굴이 딱딱하게 굳었다.

생각해 보니 그랬다. 군 내부에 있는 시설 중 대기업이 아닌 것은 자신뿐이다.

치킨집도 카페도, 모두 대형 프랜차이즈 업체들이다.

"웃긴 거죠. 그러면 직원도 외부에서 들여와야 하는데 정작 병사는 그대로 쓰고 있으니."

노형진은 혀를 끌끌 차며 말했다.

"일단 제가 봤을 때 이런 상황은 아무리 봐도 뭔가 공생을 목적으로 이루어진 게 아닙니다."

"그러면 설마……."

"8개월 영업하고 갑자기 이용 금지 명령이 떨어졌다고 했죠?"

"네, 그리고 4개월 지났으니까 딱 1년 됐습니다."

"흠……."

노형진은 그 말에 고민하다가 조용히 말했다.

"뭐, 건물주가 장사 잘되는 가게 주인을 몰아내고 거기서 장사하는 거야 사회에서는 흔한 일이니까요."

노형진의 예상은 무태식과 같았다.

"다만 제 예상은, 처음부터 **빼앗을** 생각으로 김도우 씨를 받아들인 게 아닐까 합니다."

"네? 어째서요?"

"프랜차이즈를 건드리면 여러모로 힘드니까요."

물론 프랜차이즈라고 해도 오븐기 같은 걸 설치하는 건 마찬가지다. 그런데 만일 외부 업체라고 국방부에서 프랜차이즈를 건드리면 어떻게 될까?

"한국의 **빵** 업계는 사실상 독점된 상황입니다. PCL그룹이 한국 베이커리 업계를 95% 이상 지배하고 있죠."

그리고 PCL그룹이라면 필요할 때 장군 모가지를 날려 버리는 건 일도 아니다.

"당연히 다른 곳은 모두 PCL그룹 계열사가 들어갔습니다. 그런데 왜 98사단에만 개인 브랜드가 들어갔을까요?"

그 말에 김도우는 어이가 없어서 입을 쩍 벌렸다.

"설마?"

"아무래도 강제로 **빼앗기에는** 개인이 훨씬 편하죠."

"그, 그런……."

"공사비 얼마 드셨습니까?"

"2억 들었습니다, 2억."

"흠, 확실히 **빵집**치고는 많이 들었네요."

"아무것도 없었으니까요."

화덕도 없고 숙성실도 없었다. 모든 걸 처음부터 싹 다 만들어야 했다.

그러니 당연히 돈이 많이 들 수밖에 없었다.

"계약 입찰은 뭐 뻔하죠."

아무리 국방부라고 해도 특정 업체와의 계약을 강제할 수는 없다.

아무리 한국의 제과 제빵 유통량의 95%라고 해도 국방부에서 무조건 PCL그룹과 거래하라고 공문을 내릴 수는 없다.

"일종의 쇼죠."

이 경우 보통은 각 부대에서 각자 지정해서 상급 부대에 보고하는 형식으로 이루어진다.

"뭐, 실제로 지역과의 상생 차원에서 지역 상인들과 거래하는 부대들도 있고요."

하지만 대부분의 부대에서는 편의성 때문에 PCL그룹을 받아들인다.

"그러면 확실히 이상하기는 하네요. 98사단의 다른 곳은 죄다 대기업인데 왜 빵집만 그런 거죠?"

상생이 목적이라면 다른 곳도 대기업 프랜차이즈가 아닌 다른 사람이 들어왔어야 하고, 관리의 편의성을 위해서라면 전부 대기업이 들어왔어야 한다.

그런데 다른 곳은 대기업인데 한 곳만 개인 업체다?

"아마도 장비 설치만 시키고 쫓아내려고 한 게 아닐까 싶습니다."

"국방부가요?"

"국방부는 아니겠죠. 아무렴 국방부가 그걸 정부 부서 차원에서 하겠습니까?"

"그러면…….."

"하지만 제가 누차 말씀드리는 게 있죠. 군대에서 장군은 최고 존엄이다."

저 멀리 있어서 직접 닿을 수 없는 대통령보다 실질적으로는 더 높은 게 장군이다.

"이건 가상의 상황입니다만 이런 것도 가능하죠. 장군님의 자녀가 베이커리 자격증을 땄는데 그걸로 군부대에 가게를 내려고 보니 설치비가 무려 2억이나 든다고 한다네요. 그러면 어떻게 할까요?"

"미친…….."

분명 가능한 일이다.

"그리고 말입니다, 가게 규모도 너무 커요."

"네?"

이건 또 뭔 소리란 말인가?

물론 가게가 크기는 하다.

"하지만 테이블을 놔야 하는데요? 손님도 한두 명이 아니고."

"그거야 그렇지요. 하지만 그래도 제가 아는 다른 부대의 빵집에 비하면 두 배 이상 큽니다. 작은 곳 기준으로는 세 배 정도 되겠네요."

노형진은 고민하다가 물었다.

"여기 커피 안 팔죠?"

"네. 영내에 카페가 있으니까요."

"그래서 문제입니다. 세상에 커피를 안 파는 빵집은 없습니다. 최소한 한국에서는요."

그런데 군부대와 계약할 때의 조건이 그거였다고 했다.

커피를 비롯해서 카페와 관련된 상품은 팔지 말 것.

그걸 그때는 납득했기에 김도우는 계약하고 들어온 거다.

"군대는 위치 확인이 아주 중요한 곳입니다. 이렇게 많은 숫자의 사람들이 빵 먹고 가도록 테이블을 두지는 않을 겁니다."

실제로 다른 부대의 빵집들은 모두 포장 위주로 구성되어 있고 테이블은 기껏해야 서너 개 정도다.

하지만 김도우의 빵집에는 테이블만 열네 개다. 거기다 벽 주변으로 둥그렇게 둘러서 테이블을 놨다.

"다른 부대에서는 이런 식으로 설치 안 합니다. 아마도 다음에 물려받을 게 누군지 모르지만 커피까지 판매할 걸 감안하고 설치하게 해 준 걸 겁니다."

"커피 판매까지 감안하고 설치하게 한 거라고요?"

"네."

"하지만 분명 카페가 있어서 상품이 겹치면 안 된다고……."

"그거야 김도우 씨가 망해서 나가야 하니까요."

상식적으로 군대 내부 빵집에서 빵과 함께 커피를 팔면 대부분의 장병들은 빵집에 가지 카페에 가지는 않을 거다.

커피 한 잔의 여유? 군대에 그런 시간은 없다.

일과가 끝나고 나서도 끊임없이 정비를 해야 하는데 누가 느긋하게 커피 한 잔을 홀짝이면서 여유를 즐기겠는가?

"그러니까 김도우 씨가 나간 후에 그곳에 빵집과 카페를 차리면 카페의 수익도 빨아먹을 수 있게 되는 거죠."

카페도 수익이 절대 적지 않을 거다. 그런데 두 가게의 수익을 합하면?

아마 돈 천은 우습게 넘을 거다. 시너지 효과라는 것도 있으니까.

"거기다 공교롭게도 카페가 바로 옆이네요."

그리고 그걸 나누는 건 작은 가벽 하나뿐.

"그런 건가요……."

"네, 그게 아니라면 이 정도로 큰 공간을 빵집으로 내주지는 않았을 겁니다."

처음부터 모든 걸 빼앗기 위해 설치된 치밀한 함정이라는 말에 김도우는 정신이 어질어질해졌다.

"이건 소송으로 어떻게 안 됩니까?"

"그게 문제인데요, 국방부는 법원의 말을 무시해도 그만

이거든요."

"네?"

"이건 군사법원 영역의 소송이니까요."

빵집을 사용하지 말라는 장교의 명령은 지휘권의 발동으로 분류된다.

당연히 소송을 걸어 봐야 민간 법원이 아니라 군사법원으로 넘어간다.

"누차 말하지만 장군은 최고 존엄이죠."

전화 한 통에 재판은 확실하게 김도우가 패배할 거다.

그 후에는 저항할 방법이 없다. 민간인이 지휘권의 발동을 막을 수는 없으니까.

"실제로 과거에 군인 폭행 사건이 일어났을 때 군인들의 외박을 통제해서 지역에 타격을 준 것을 법원에서 법적으로 어쩌지 못한 이유가, 지휘권 통제 문제였기 때문이에요."

그러면 결국 민사소송으로 가야 하는데, 손해배상이 나올 가능성은 크지 않다.

"왜냐하면 지휘권의 발동은 합법이니까요."

기본적으로 손해배상은 상대방의 불법행위로 인해 발생한 피해를 배상하는 것이다. 그런데 그 근본이 되는 명령이 이미 합법인 상황에서 민간 법원에서 손해배상을 하라고 할 리가 없다.

"그러면 저는?"

"그냥 개털로 나가라는 거죠."

그 말에 김도우의 고개가 툭 떨어졌다.

그냥 자식 같은 병사들에게 빵을 먹이고 싶었을 뿐이다.

자기도 군대에서 얼마나 고생하는지 알기에 사 먹는 빵이라도 맛있는 것으로 먹이고 싶어서 노력했다.

그래서 새벽부터 나가는 것도 마다하지 않았다. 그런데 결과가 이거라니.

"군대가 좋아졌다고 하지만 세상에서 가장 오래된 거짓말이 그겁니다."

그들은 바뀌지 않는다. 그들은 자신들이 만든 군대라는 성의 성주다. 그 안에 매년 수십만의 노예들이 자동으로 들어오는데 과연 바뀔까?

'그럴 리가 없지.'

그래서 노형진은 군대를 믿지 않는다. 믿을 수가 없다.

물론 조금씩 나아지는 건 부정하지 않는다.

하지만 그건 어디까지나 외부의 압력에 의해 문제가 생겼을 때의 이야기.

"이 명령이 정당하다고요?"

"군사법원에서는 무조건 정당하다고 나올 겁니다."

노형진은 사건 기록을 보면서 쓰게 웃었다.

"도대체 이런 짓을 한 게 누굴까요?"

무태식은 씁쓸하게 웃었다.

노형진은 사건 기록을 보면서 입맛을 다셨다.

"사단장일 겁니다."

"사단장요?"

"네, 사단장요. 사건의 규모를 봐서는, 그 아래에서는 이런 짓거리를 못 하거든요."

위관급은 턱도 없는 소리고 그 위의 영관급은 부대에 들어오는 업소에 대한 선택권이 없다.

그리고 영관급쯤 되면 워낙 일이 많기 때문에 가능하면 관리할 게 없는 대기업 프랜차이즈가 들어오는 걸 선호한다.

만일 작은 가게를 선정했다가 문제가 생기면 자기 목이 날아가니까. 영관급은 승진이 간절한 시기다.

"더군다나 매달 천만 원 수익이라면 영관급이 혼자서 처먹기는 힘들죠. 결국 이걸 처리할 수 있는 건 사단장입니다. 결정적으로 전 부대에 사용 금지가 떨어졌다는 게 문제죠."

"네?"

"연대장은 보통 대령입니다."

연대는 보통 1,500명에서 2천 명이다. 완편된 연대라고 해도 고작 2천 명.

"군대에서야 하늘같이 높아 보이는 사람이지만 사회에서는 한낱 '동네 아저씨 1'일 뿐입니다."

"무슨 말씀이신지?"

"아까 말씀드렸잖습니까, 이건 아주 치밀하게 준비된 거라고. 그런데 그 안에 언론이 안 들어갈까요?"

노형진은 의자에 기대앉으면서 테이블을 손가락으로 탁탁 두들겼다.

'사실은 이 사건에 대해 조금은 들어서 기억하는 거지만.'

미국에 있었기에 정확한 내용은 잘 모른다. 하지만 한 가지는 기억한다.

결국 김도우는 모든 걸 빼앗기고 쫓겨난다.

인터넷에서도 떠들고 언론에서도 떠들었지만 국방부는 철저하게 무시했다. 그리고 그렇게 사건은 잊혔다.

"권력에는 말입니다, 총합이 있습니다. 한 권력이 강해지면 다른 권력은 약해지죠."

그리고 군대에서 가장 권력이 강한 존재는 장군들이다.

"아까 말씀드렸지요. 장군은 군대 내부에서는 최고 존엄입니다. 대통령 이상이죠. 당연히 그 반작용으로 영관급의 권력은 한정됩니다."

실제로 철저하게 이용당하고 팽당하는 계급이 영관급이다.

위관급이야 어차피 장기 할 생각이 없는 사람들이 대부분이지만 영관급부터는 장기 하려고 별짓을 다 한다. 심지어별 달아 보겠다고 자기 마누라를 가져다 바치는 미친놈도 있었다던가?

"영관급은 이런 게 인터넷에서 공개되거나 법원에서 지는 등의 문제가 생기면 그냥 그날로 모가지입니다."

군대가 피라미드 구조라지만 사실 영관급에서 장군급으로 올라가는 건 거의 동아줄급으로 확 줄어드니까.

"지금 벌어진 상황을 보면 그걸 감안한 거예요. 그런데 영관급을 위해 과연 국방부가 나설까요?"

"그건……."

이미 국방부에 항의했지만 국방부는 철저하게 자기들 일이 아니라고 발뺌하고 있다.

"하지만 가게를 빼앗기 위한 거라고 하지 않았나요?"

"그래서 제가 더 장군급이라고 하는 겁니다. 병사들에게 4개월간 빵을 못 사 먹게 했습니다. 우리가 추측한 것 빼고, 그것만 가지고 판단해 보죠. 그런 제보가 들어왔을 때 과연 국방부는 무슨 소리를 할까요?"

"아, 하긴 그러네요. 그냥 싫은 소리 한마디 하고 끝내겠네요."

별거 아닌 일이다. 고작 빵 가게 하나일 뿐이다.

애초에 빵 가게를 집어넣은 이유가 뭔가? 병사들의 복지를 위해서가 아닌가?

"그런데 4개월간 부대장이 베이커리를 사용 못 하게 통제한다? 아마 정상적인 상황이라면 그냥 '작작 해라, 이 새끼야.' 하고 뒤통수 한 대 치고 바로 풀렸을 겁니다."

"헉!"

그 부분은 생각하지 못한 김도우의 눈이 커졌다.

"하지만 국방부는 그것도 아니고 철저하게 무시로 일관하고 있죠. 이게 언론에 나가면 문제가 된다는 걸 알면서도 말입니다."

"……."

"과연 영관급이 그 정도 힘이 있을까요?"

말도 안 되는 소리다. 영관급은 그 정도 힘이 없다.

아마 국방부 전화 한 통에 깽깽거리면서 꼬리를 말았을 거다.

"국방부 입에 재갈을 물릴 수 있는 사람이 과연 얼마나 되겠습니까?"

결국 이건 일선 부대의 문제다. 그리고 일선 부대에서 근무하면서 그 정도 힘을 가진 사람은 한정될 수밖에 없다.

서류 업무나 행정 업무를 하는 사람들이 이런 짓을 할 수는 없으니까.

결국 남은 건 부대를 직접적으로 지배하면서 동시에 국방부에 어느 정도 압력을 행사할 수 있는 사람, 즉 사단장뿐이다.

"98사단장이 누구죠?"

"아, 98사단장이라고 하면…… 잠시만요."

무태식은 바로 98사단장은 확인했다.

"박오동 소장이네요."

"박오동 소장이라……."

확실히 사단장은 소장 또는 중장이 담당하는 업무이기는 하다.

"그러면 저는 못 이기는 겁니까?"

"그럴 리가요. 장군 모가지 날리는 게 뭐 한두 번도 아니고."

노형진은 어깨를 으쓱하면서 자리를 잡았다.

상대방이 소장이 아니라 대장, 아니 원수라고 해도 결국은 군인이다.

자신이 겁먹고 도망갈 이유는 없다.

"일단 저쪽에서 주장하는 부분부터 따져 보죠. 첫 번째, 장병들이 빵만 먹고 자꾸 급식을 안 먹는다."

"말도 안 되는 소리죠."

말도 안 되는 소리다.

애초에 그런 논리대로라면 어떠한 편의 시설도 들여보내서는 안 된다.

치킨집도 카페도 다 하는데 빵만 안 된다? 괴상한 논리다.

"그나마 치킨은 끼니 대신이라도 되지, 대부분의 경우 빵은 끼니가 안 됩니다."

왜냐하면 단가가 더 비싸기 때문이다.

또 빵 자체가 쉽게 질리는 특성이 있다. 그래서 일부 특수한 경우가 아니고서야 대부분의 경우 빵은 간식이라는 영역에서 벗어나지 못한다.

실제로 빵이 주식이라고 이야기하는 서양에서도 다른 음식을 먹을 때 곁들이는 식으로 빵을 먹지, 빵만으로 배를 채우지는 않는다.

마치 한국인이 밥을 먹을 때마다 김치를 먹는 것처럼 말이다.

김치를 매 끼니 먹는다고 해서 김치가 한국인의 주식은 아니지 않은가?

말 그대로 빵은 간식이다.

"그리고 군대의 생활환경 특성상 빵을 간식으로 먹을 수 있는 시간은 한정적입니다."

아침에 눈뜨자마자 조식, 그리고 오전 일과를 하다가 중식, 그 후에 오후 일과를 하다가 석식인데, 조식과 중식은 뺄 수도 없다.

석식은 복귀 이후에 이루어지는데 자유 시간은 보통 석식 이후다.

즉, 자유롭게 빵을 사러 갈 시간이 안 된다는 거다.

빵을 먹고 싶어서 밥을 건너뛸 수야 있겠지만 빵을 너무 많이 먹어서 저녁을 못 먹기에는 시간 타이밍이 안 맞는다.

"두 번째 이유는, 병사들이 빵을 너무 사 가서 장교들과 그 가족들이 빵을 사 갈 수가 없다. 거참, 아무리 쫓아내려고 한다지만 핑계꼴 하고는."

노형진은 혀를 끌끌 찼다.

그도 그럴 게 병사들을 어떻게 생각하는지 이미 답이 나와 있으니까.

아무리 핑계라고 해도 결국 사람의 생각이 들어가기 마련이다.

빵을 먹느라 밥을 안 먹어서 통제한다? 그건 받아들인다고 치자.

그런데 장교들이 먹을 빵이 없으니까 병사들은 아예 빵을 먹지 말라?

"장교들에게 병사들은 여전히 개돼지나 노예 그 이상의 의미가 없는 거죠."

그러니까 당당하게 공식 서류에다가 이런 헛소리를 넣을 수 있는 거다.

노예 새끼들이 나랑 똑같은 거 처먹는 게 기분 나쁘다고.

"그리고 제 생각이 맞다면 아마 빵이 부족하지 않을 것 같은데, 아닌가요?"

"어떻게 아셨습니까?"

"장사하는 사람이 바보도 아닌데 빵을 만들 때 판매량을 예측하고 만들겠지요. 안 그런가요?"

"맞습니다."

일반적으로 빵이나 음식을 만들 때는 평균 소비량을 예상하고 그것보다 좀 더 넉넉하게 만든다.

"저런 말이 나온 뒤로는 병사들에게 대량 주문은 꼭 그 전

날에 이야기하라고 했고요."

실제로 대부분의 병사들은 대량 주문을 할 때 그의 말대로 그 전날, 하다못해 그날 저녁에 먹을 거라면 그날 아침에라도 말한다.

"더군다나 빵을 사 가는 장교 가족이 얼마나 되겠습니까?"

일반적으로 미혼자를 위한 숙소는 부대 내에, 기혼자를 위한 숙소는 부대 밖에 있다.

당연히 가족들이 굳이 여기까지 와서 빵을 살 이유가 없다. 밖에 빵집이 아예 없는 것도 아니니까.

김도우의 빵집이 맛있다고 소문나서 사러 온다고 해도 보통은 퇴근할 가족에게 부탁하지 가지러 오는 경우는 드물다.

"그리고 장교 새끼들 생각은 뻔하죠."

"그렇죠."

"보통 퇴근하면서 가지러 갈 테니 빼 두라고 미리 전화하지 않던가요?"

"아…… 네, 확실히."

전화를 하든가, 아니면 병사를 한 명 보내서 자기가 가지고 갈 빵을 빼 놓으라고 하는 걸 당연하다고 생각하는 게 장교들이다.

그들에게 그건 노예를 부리는 주인의 당연한 권리 같은 거니까.

"그걸 어떻게 아신 겁니까?"

"충성 클럽에도 그런 짓거리 하는 게 장교들인데요, 뭘."

충성 클럽 시절에는 싼 물건들이 많았다. 그래서 대부분의 장교들은 밖이 아닌 충성 클럽에서 물건을 샀다.

퇴근하는 길에 들러서 사 가지고 가는 장교들은 진짜 점잖은 거였다.

자기가 사 갈 물건을 포장해 두라고 전화했는데, 찾아와 보니 포장되어 있지 않으면 관리병에게 개쌍욕을 박기도 하는 게 장교들이다.

심지어 어떤 놈은 외상으로 냉동식품을 해동해 두라고 전화한 후에 병사더러 가지고 오라고 시키기도 했다.

그런 썩어 빠진 일부 장교 놈들이 과연 충성 클럽처럼 재고가 충분한 것도 아닌 빵 가게에 전화해서 포장해 놓으라고 말을 하지 않을까?

"그리고 결국 저녁을 먹고 자유 시간에 내려가야 하는 병사들이 과연 퇴근 시간보다 빨리 내려갈 수 있을까요?"

그건 불가능하다. 저녁을 먹고 나면 7시가 넘으니까.

주말이 아닌 이상에야 병사들이 빵집을 이용할 수 있는 시간은 저녁 7시 이후다.

"즉, 이것도 거짓말인 거죠."

모든 것이 그럴듯한 거짓말이었다.

애초부터 군대에서는 그의 재산을 이용해서 내부 공사를 하고 장비를 설치하면 그걸 빼앗을 생각이었을 거다.

"그런……."

"흠, 이건 소송해도 곤란하겠는데요."

더군다나 날벼락은 그것만이 아니었다.

"네? 어째서요?"

"소송을 걸면 당연히 군부대의 출입을 막을 테니까요. 군대 아닙니까, 군대. 소송 당사자를 부대에 출입시켜 줄 리가 없죠."

"아니, 그러면 진짜로 저는 방법도 없이 다 뜯겨야 한단 말입니까?"

"현실적으로는 그렇죠."

물론 기적적으로 재판에서 이길 수는 있다.

하지만 국방부는 당연히 2심을 넘어 3심까지 갈 테고, 그게 끝날 때쯤에는 이미 그의 시설은 다른 누군가에게 넘어가 있을 거다.

"아마 그때쯤 되면 적당히 푼돈 먹고 떨어지라는 식으로 나올 겁니다."

"흠……."

노형진의 말을 듣던 무태식은 잠깐 생각하다가 눈을 찡그렸다.

"이거 완전 대기업에서 중소기업 기술 빼먹을 때 쓰는 방법 아닙니까?"

"그것보다 더하죠. 최소한 대기업에는 스스로 판단할 권한이 없으니까."

하지만 국방부는 이걸 무조건 군사재판으로 몰아갈 테고, 김도우는 무조건 패배할 거다.

'생각해 보면 이상하기는 했지.'

언론과 여론이 그렇게 소문을 내고 보도했음에도 불구하고 결국 회귀 전에 군대는 그를 쫓아냈다. 그리고 그 후에 어떠한 제보도 내용도 없었다.

국방부에 있어 국민의 목숨이나 인생 따위는 최고 존엄인 장군의 뒷주머니만도 못한 가치를 가지고 있다는 의미였다.

"그러면 이건 어떻게 해야 합니까?"

"일단은 그냥 돌아가세요."

"네?"

"이건 저희한테 소송을 맡기시는 순간 군대에서 출입 자격을 박탈할 겁니다. 그러니까 조용히 계세요."

"그러면 저는요?"

절망적인 표정이 되는 김도우. 노형진은 그런 그에게 말했다.

"일단 우리는 김도우 씨와는 상관없이 연대장의 옷을 벗길 겁니다."

"연대장을요?"

"네. 이 모든 명령은 분명 연대장에게서 내려왔을 테니까요."

명령에 따라 그랬다?

그건 개소리다. 군인이라고 해서 부당한 명령에 저항할 권한이 없는 건 아니다.

결과적으로 군인으로서 그에게는 장군의 주머니와 자신의 승진을 보호 대상인 국민보다 우선한 죄가 있다.

"그의 옷을 벗긴 후에 연대장이 바뀌면 아마 상황이 바뀔 겁니다."

새로 온 연대장이라면 상식적으로 전임 연대장이 내린 부당한 명령을 그대로 이어 갈 리가 없으니까.

"만일 그래도 풀리지 않는다? 그러면 뭐, 결국 예상대로 사단장이나 그 이상에서 오더가 내려왔다는 의미니까요."

그때는 다시 한번 국방부를 뒤집을 시간이 도래할 것이다.

어디서 안 좋은 것만 배워 가지고

　김도우를 일단 돌려보낸 후에 노형진은 무태식과 함께 이
번 사건을 해결하기 위한 계획을 짜기 시작했다.

　절대로 쉬운 사건이 아니었기에 확실하게 계획을 구성하
는 게 중요했다.

　다만 노형진의 계획을 들은 무태식은 궁금증을 감출 수가
없었다.

　"처음부터 사단장을 노리는 게 아니고요?"

　"뭐, 예상은 사단장이지만 사실 연대장도 그 자리를 빼앗
을 정도의 힘은 있으니까요. 국방부 입까지 다물게 하지는
못하지만. 어차피 연대장이 선량한 피해자도 아니고."

　"하긴, 그건 그렇지요."

이는 명백하게 잘못된 행동이다, 국민을 보호해야 하는 군대가 도리어 법을 이용해서 국민을 약탈하는.

　그걸 알면서도 명령에 따른다는 건 그 연대장이 정상적인 군인이 아니라는 의미다.

　"그런 놈들이 나중에 구국의 결단 운운하면서 국민들을 탱크로 밀어 버리죠."

　그렇기에 노형진이 일단 연대장부터 조지려고 한 것이다.

　"그런데 빵집을 건들지 않고 연대장을 어떻게 조지시려고요?"

　무태식은 궁금증이 일었다.

　이미 연대장에 대해 조사 중이지만 옷을 벗길 정도로 잘못한 건 없었으니까.

　"뭐, 일단 찾아봐야지요. 조사 결과 나왔습니까?"

　"네. 연대장 이름은 요식환입니다."

　요식환은 육사 출신의 빵빵한 인맥을 가지고 있는 사람이었다.

　"대령이군요."

　"뭐, 연대는 보통 대령이 관리하니까요."

　"혹시 다른 대령들에 대해 조사한 기록 있습니까?"

　노형진의 질문에 고문학은 미리 준비된 서류를 내밀었다.

　"일단 사단에 있는 다른 연대도 조사는 해 놨습니다. 사단장을 노리신다기에요."

"아, 감사합니다. 고문학 팀장님 아니면 진짜 일 못 한다니까요."

노형진은 싱글벙글 웃으며 그걸 받아서 읽기 시작했다.

사실 필요한 걸 확인하는 것뿐이지만 그것만으로도 충분한 정보를 얻을 수 있었다.

"예상대로네요."

"예상대로요?"

"요식환 대령 말입니다. 다른 사람들에 비해 기수가 높아요."

"다른 대령들보다 기수가 높다고요?"

"네. 아마도 승진이 걸린 것 같은데요."

종종 이런 경우가 있다.

대령에서 올라가서 별을 달아야 하는데, 현실적으로 별을 다는 건 쉬운 일이 아니다.

"동기들은 둘째 치고 자기 후배 기수한테도 따라잡혔네요."

후배 기수 중에는 이미 장군을 단 놈도 있는데 여전히 연대장이다? 아마 당사자는 입술이 바짝바짝 마르고 엄청 다급할 터였다.

"그래서 승진 때문일 거라고 생각하시는군요."

"네. 사단장쯤 되면 승진은 못 시켜 줘도 인사고과를 쥐고 있을 테니까요."

군대가 부패하고 점점 개판이 되는 이유. 그건 뭔 짓을 해도 결국 인사권과 추천권은 위에서 관리하기 때문이다.

"이로써 한 가지는 확실하네요. 연대장 이 사람, 능력이 생각보다 좋지 않거나 큰 사고 한번 친 겁니다."

장군이 되고 싶다? 그러기 위해서는 진짜 사고 한번 안 치고 소위부터 대령까지 승진 코스만 밟아야 한다.

그렇게 해도 될까 말까 한 게 바로 장군이다.

"승진을 포기하고 넉넉하게 사는 거 아닐까요? 모든 대령이 다 별 달겠다고 뻘짓 하는 것도 아니고."

"장교가 승진을 포기하면 보통은 장병들이 여유로워집니다."

병사들을 족칠 이유가 없기 때문이다. 그래 봤자 자신은 바뀌는 게 없으니까.

불법이라는 걸 알면서도 병사들에게 온갖 더러운 일을 시키고 족치는 가장 큰 이유는, 그래야 자신이 실적을 보고하고 승진할 수 있기 때문이다.

"그런데 그런 타입이라면 고작 밥 좀 안 먹는다고 4개월이나 빵집 사용 금지를 내릴 이유가 없죠."

"하긴, 그건 그러네요."

그 말은, 요식환 연대장은 여전히 승진의 기회를 노리고 있다는 거다.

"그런데 요식환이 뭔 짓을 했을까요?"

"모르죠. 본인이 실수한 걸 수도 있고 아래에서 뭔가 심각한 문제를 일으켰을 수도 있고요."

어느 쪽이든 요식환은 승진이 힘든 상황. 그러니 어떻게 해서든 장군에게 잘 보여서 별을 달고 싶은 것이리라.

"그러면 어떻게 옷을 벗기죠? 그냥 고발한다고 해서 조사받는 게 아니라서."

아무리 고문학이라고 해도 군 내부의 서류에 접근할 수는 없다.

특히 장교에 관한 서류는 생각보다 보안이 엄중한데, 장교에게 접근해서 약점을 캐거나 가족들을 건드리는 경우 결정적인 순간에 국가를 배신할 가능성이 있기 때문이다.

"뭐, 상관없습니다. 다른 쪽을 통해 조지면 되니까요."

"다른 쪽?"

"우리가 빵집만 아니면 된다고 하지 않았습니까? 거기에 있는 건 빵집만이 아닙니다."

해당 부대에는 카페와 치킨집 그리고 빵집이 있다.

"김도우 씨가 말은 안 했지만 아마 다른 곳도 통제받고 있을 겁니다."

치킨은 애초에 끼니 대용으로 먹을 수 있는 거다. 그러니 같은 조건이라면 무조건 같이 통제 대상이 되어야 한다.

그리고 세 개의 가게 중에서 두 개가 통제 대상인데 한 곳만 정상적으로 운영된다는 건 여러모로 말이 안 된다.

"하긴, 그건 그러네요."

빵은 먹지 말라면서 치킨과 카페는 고이 놔두지는 않을 거다.

치킨은 빵보다 훨씬 고열량인 데다가 기름진 거라 먹고 나면 절대 밥을 먹지 않을 테니까.

카페 역시 간단한 케이크나 과자 정도는 팔고 있으니 똑같은 이유에서 벗어날 수 없을 테고.

"그럼 그 주인들은 왜 말이 없을까요?"

"어?"

그 말을 들은 무태식은 순간 묘한 표정을 지었다.

만일 세 곳 다 통제당하고 있는 상황이라면?

당연히 그곳의 주인들도 같이 대책을 세우는 게 정상이다.

그런데 지금 발을 동동 구르면서 새론을 찾아온 것은 오로지 김도우 한 명뿐이다.

"그러고 보니 이상하네요. 왜 그러지? 단순 점장이라서 그런가?"

"거기에는 법적으로 직영점은 못 들어갑니다."

"그러면 뭡니까?"

"아마 거기 상인들은 이 상황에 대해 알걸요. 그래서 입 다물고 있는 거고요."

"안다고요?"

"각 부대 내부에 지점을 낸다면 누군가는 거기를 관리해야 합니다. 즉, 점장이 있어야 한다는 거죠. 그런데 거기에서 일하는 사람들은 무척이나 편하죠. 쉽게 말해서 날로 먹는 자리라는 겁니다."

"어째서요?"

"돈이 안 들어가니까요."

아무리 내부에 가게를 차린다고 해도 결국 외부에서 들어와 일할 수 있는 사람의 숫자에는 한계가 있다.

정확하게는 외부 알바를 쓸 수가 없다.

그런 경우 쓰는 방법은? 당연히 군인 갈아 넣기.

"빵을 만드는 건 김도우 씨가 했지만 판매 같은 건 다른 병사가 했다고 하죠?"

"네, 그렇게 들었습니다."

"그러면 청소나 짐을 나르거나 하는 일은 누가 할까요?"

"아아~."

마치 마법처럼 병사라는 존재를 이용해서 자동화를 돌려 버리는 셈이라고 보면 된다.

물론 모든 걸 다 맡길 수는 없다. 애초에 군대는 일반인이 접근하기 쉽지도 않고, 쓸데없이 군 내부에 일반인을 많이 들이려고 하지도 않는다.

"당연히 거기 점주들은 그냥 대부분의 일을 돈도 안 주는 병사들에게 맡기면 되는 거죠."

외부에서야 인건비도, 홍보도 신경 써야 하고 그 외에도 복잡한 일이 엄청나게 많다.

하지만 군대는 아니다. 그냥 있으면 주변에서 사기 위해 몰려드는, 독점할 수 있는 장소다.

"그 자리를 과연 누구에게 주겠습니까?"

"그렇군요. 그 자리를 외부에 줄 리 없겠죠."

지역과의 상생? 아니면 장병들에 대한 복지 서비스?

당연히 그건 말뿐이다.

당장 김도우의 말처럼 거기는 엄청난 숫자의 손님이 고정적으로 있는 자리다.

그런 자리에 정말로 아무 상관도 없는 제3자를 넣을까?

"대한민국의 국방부가요? 그럴 리가 없죠."

"결국 거기 점주들도 이해관계인이다 이거군요."

"네. 아마 그들은 현재 상황이 어떤 건지 알 겁니다."

아는 정도가 아니라 아마도 누가 그 자리를 노리고 있는지까지 훤히 꿰고 있을 거다.

그렇기에 이해관계인 이상 그들은 저항하거나 뭐라고 항의하지 못한다.

왜냐, 그 자리에 들어오고 싶어 하는 사람은 많고 뺏기기는 쉬우니까.

그리고 부대 내부와 연줄이 있는 사람은 자신만이 아니라 얼마든지 있을 테니까.

"그리고 그들은 마치 게임에서 자동 사냥을 돌려 놓는 것처럼 병사들이 알아서 일하고 수익만 받아 가는 형태로 운영되는 것에 대해 불만이 없을 겁니다."

"으음, 하긴 자기들끼리 뭘 해 먹는 거야 이상한 것도 아니긴 하죠."

중소기업 사장만 돼도 회사에 온갖 사람을 다 올려 둔다. 아내, 딸, 동생부터 처남까지.

그리고 그들은 일은 하지 않고 돈만 받아 간다.

"그런 기회가 있는데 그걸 거부할 리가 없죠."

"더군다나 거기 관리하는 사람은 군무원입니다."

정식 점장인 동시에 군무원이다. 민간인을 상시 근무를 시킬 수는 없으니까.

즉, 공무원에 준하는 군무원으로서의 자격을 가지는 건데, 의외로 군무원의 혜택은 많다.

"군무원이 되기 위해서는 시험을 봐야 합니다. 하지만 그건 아니죠."

시험을 보고 들어와서 군무원이 되는 게 아니라 고용됨으로써 군무원 자격을 취득하게 된다.

예를 들어서 국회의원의 보좌관 같은 존재가 대우는 공무원이지만 시험이나 선발이 아니라 보좌관으로서 고용되면 그때 공무원으로서의 자격을 가지는 것과 비슷하다.

"특히 요즘 같은 시대에는 더더욱 그렇지요."

당장 공무원이 인기가 많은 이유가 뭔가? 바로 안전성 아닌가?

이태백에 사오정이라고 불리는 시대가 바로 지금이다.

이태백이란 20대 태반이 백수라는 의미고, 사오정은 45세가 정년이니 45세까지 자리를 지키고 있으면 정신 나간 놈이라는 걸 뜻한다.

그만큼 먹고살기 힘든 시기에 군무원으로서 편하게 먹고 살 수 있다면 과연 누가 마다하겠는가?

"흠, 무슨 뜻인지 알겠네요. 어차피 월급은 나오니까."

대충 나와서 시간만 때우고 있어도 거기서 일하는 병사들은 뭐라고 못 한다. 그러는 순간 장교가 와서 쌍욕을 박아 버릴 테니까.

"그러니까 그들 입장에서는 통제가 걸리든 말든 자기들이랑은 상관없는 거죠."

직접 들어온 김도우와 달리 그들은 어차피 월급을 받고 일하는 거니까.

"설사 그게 아니라고 해도 굳이 분란을 일으킬 생각은 없겠죠. 이 뒤에 누가 있는지 알 테니까."

아무리 그래도 이런 부당한 통제에 관해 자신을 꽂아 준 군인에게 이야기하지 않았을까? 그럴 리가 없다.

그런데 그 사람이 그 일 뒤에 힘이 있는 사단장 같은 존재가 있다고 이야기한다면?

당연히 그들은 입을 다물 거다.

내 돈도 아닌데 입을 나불거려서 꿀이 떨어지는 자리를 빼앗길까 두려울 테니까.

"하긴, 하루에 나가는 치킨 양만 생각해도."

결과적으로 말해서 죽어 나가는 건 김도우뿐이고 나머지는 그저 버티기만 하면 되는 거다.

"그러니 같이 나서서 해결할 이유가 없는 거죠."

들어와 있는 상가가 많으면 함께 힘을 합쳐서 저항이라도 해 보겠지만 고작 세 곳 중 두 곳이 손 놓고 있으니 제대로 저항이 될 리가 없다.

"그러면 이제 어떻게 해야 할까요?"

"일단은 본사에 찾아가서 이야기해 봐야지요."

"본사요?"

"의외로 본사도 속이 쓰린 상황이거든요."

이게 장사가 잘될 거라고 해서 들어갔지만 의외로 수익이 충분히 나지는 않을 것이다.

왜일까? 병사들이 돈을 안 써서?

그것보다는 장교들이 문제다.

원래 이런 군 내부 복지 시설은 정해진 개인 정비 시간이 아니면 이용을 못 한다.

일과가 끝나는 시간은 6시지만 저녁 먹고 그러면 7시쯤.

그리고 두 시간 정도 개인 정비 및 휴식을 취하면 9시.

그러면 청소하고 뒷마무리하고 나서 자야 한다.

"그런데 무태식 변호사님도 아실 겁니다. 일단 부족한 시간도 시간이지만, 그 시간도 완벽한 자유 시간은 아니거든요."

"하긴, 그건 그래요. 당직사관 따라 바뀌니까."

그래도 당직사관이 융통성이 있고 병사들을 위하는 사람이라면 빵을 사 먹거나 커피를 한잔하거나 치킨 파티를 하는 걸 용납해 줄 테지만, 그렇지 않은 경우 말이 자유 시간이지 어떤 꼬투리를 잡아서라도 부려 먹는다.

"병사들을 노예로 아는 장교들이 꼭 있으니까요."

병사들이 쉬면 허튼짓 한다는 구 일본군 시절의 똥군기를 맹신하면서 병사들이 쉬지 못하게 계속 일을 시키거나 핑계를 만드는 당직사관들이 분명 있다.

총기 수입을 두 시간 내내 시키거나 그 시간에 자기 마음대로 체력 단련 시간이라고 밖으로 내모는 식으로 말이다.

"더군다나 장교들은 외부 음식물을 그다지 좋아하지 않으니까요."

만일 그런 걸 먹었다가 탈이라도 나면 그 책임은 그날 당직을 섰던 사람이 지게 된다.

그래서 일부 장교들은 외부에서 음식을 받아서 먹어도 되냐고 물어보면 소새끼 개새끼 찾으면서 지랄하지 말라고 윽박을 지른다.

'결국 편의점도 나중에 철수하지.'

이유는 간단하다. 생각보다 수익은 나지 않는데 적자는 커지니까 그걸 메꾸려고 가격을 올린 것이다.

그렇다 보니 군 내부 편의점에서 외부 편의점보다 더 비싸진 것이 한두 개가 아니게 되었다.

심지어 군 내 편의점은 외부 편의점과 다르게 1+1 행사를 하지 않음에도 불구하고 그 지랄이다.

이유는 편의점 계약을 하고 나면 국방부에 적지 않은 돈을 기부해야 하기 때문이다.

그러다 보니 기업의 예상과 다르게 수익은 나지 않는데 돈은 줘야 하다 보니 계속 적자가 나는 거다.

"군대에 편의점을 넣기로 한 놈들은 군대라는 속성을 너무 모른 거죠."

그건 98사단에 있는 다른 프랜차이즈도 마찬가지.

"그러니까 그곳에 찾아가서 도움을 청합시다."

"도와 달라고 하면 도와줄까요?"

"도와주지 않겠죠. 하지만 거래하자고 하면 응할 겁니다."

"거래요?"

"네, 이건 거래입니다, 후후후."

노형진은 자신이 있었다.

⚖️

98사단에 있는 치킨집은 지역 치킨이 아니라 제법 유명한 브랜드인 네오치킨이었다.

노형진은 그곳에 찾아가서 새론의 변호사로서 면담을 요청했다.

다행히 노형진이 어떤 사람인지 알았던 네오치킨에서는 면담을 받아들였다.

그렇게 네오치킨의 군부대 판매를 담당하는 서순광 이사는 노형진과 마주해 자초지종을 들었다.

그는 기가 막혀서 되물을 수밖에 없었다.

"장교들이 우리 영업을 방해하고 있다고요?"

"네."

"아니, 왜요?"

"왜긴요. 병사들이 맛있는 걸 먹는 게 마음에 들지 않아서 그러죠."

"네?"

서순광 이사는 어이가 없다는 표정을 지었다.

그런 그에게 노형진은 슬며시 물었다.

"서순광 이사님은 병역 사항이 어떻게 되십니까?"

"저는 병장 전역입니다."

"그러면 장교들이 병사를 어떻게 생각하던가요?"

"그거야……."

그 이야기가 나오자마자 눈을 찡그리는 서순광 이사.

'그렇겠지. 군 내부에서 장교들의 병신 짓을 보지 않은 사

람이 어디 있어?'

군대에서는 일부의 잘못이라고 하지만 사실 병사들에게는 대부분의 병신 같은 장교들 사이에 일부 멀쩡한 장교가 있는 것처럼 느껴질 수밖에 없다.

특히 일과 시간 이후에 미친놈이 당직하는 날이면 이 미친 놈들이 남들을 괴롭히고 싶어서 꼬투리를 잡고 전 병력이 잠을 못 자도록 괴롭히기도 했다.

오죽하면 병사들 사이에서 '우리의 주적은 북한이 아니라 간부'라는 말이 돌까?

어찌 보면 당연한 거다. 장교들은 승진은 하고 싶어 하지만 책임은 지기 싫어하니까.

"하지만 시대가 바뀌지 않았습니까?"

서순광 이사는 설마라는 표정으로 말했다. 그런 그에게 노형진은 안타깝다는 듯 말했다.

"시대가 바뀐 게 아니라 정책이 바뀐 거죠. 그런데 정책이 바뀌었다고 해서 사람이 바뀌는 건 아니지 않습니까?"

"끄응……."

"요 근래 군대에서 터지는 문제들을 한번 보세요. 과연 시대가 바뀌었다고 해서 군대와 장교가 바뀐 것 같습니까?"

"하아~."

그 말에 서순광은 긴 한숨을 쉬었다.

그도 그럴 게, 그도 군대에서 벌어지는 꼴은 봤으니까.

"급식이 개판이기는 하더군요. 저 군대에 있을 때도 그것보다는 더 잘 먹었던 것 같은데요."

심지어 요즘 나오는 급식을 보면 수십 년 전 자신이 흙바닥을 구르며 먹었던 짬밥이 더 나아 보였다.

최소한 그때는 밥은 부족하지 않게 줬으니까.

"네, 시대는 바뀌었지만 군대라는 조직은 바뀌지 않았죠."

"그러면……."

"여전히 병사들을 노예로 생각하고 그들이 먹는 것 하나하나까지 통제하려고 하는 게 장교들입니다. 그리고 그 결과가 이거고요."

노형진은 미리 준비한 서류를 내밀었다.

"지난 4개월간 98사단 특정 연대에서 네오치킨의 매출이 바닥을 찍었을 겁니다."

당연하다. 먹는 걸 먹지 말라고 통제했으니까.

"그리고 그 원인은 간단합니다. 장교들이, 병사들이 먹지 못하게 했으니까요."

"잠시만요. 당장 98사단 치킨 판매량 정리한 거 가지고 와."

서순광은 말도 안 된다는 표정으로 밖으로 연락했고, 잠시 후 직원 한 명이 프린트된 종이 한 장을 가지고 왔다.

그걸 받아 든 서순광은 묘한 표정이 되었다. 지난 4개월간 실제로 치킨 판매량이 엄청나게 떨어졌으니까.

심한 경우 하루 종일 치킨 한 마리 안 팔린 날도 있었다.

20대의 건장한 청년들이 이유도 없이 치킨을 먹지 않는다?

그럴 리가 없다.

"도대체 왜 여기만 이런 겁니까?"

다른 부대는 멀쩡하다. 하루 평균 쉰 마리는 나가는데 여기는 진짜 주말이 아니면 치킨 자체가 안 나간다.

그런데 주말 판매량마저도 고작 스무 마리 정도.

상식적으로 다른 곳과는 너무나도 다른 그래프를 보여 주고 있었다.

주말에 면회와 회식이 있는 걸 생각하면 이 정도 판매량은 터무니없이 적은 거다.

진짜 위에서 무슨 소리 하지 않았다면 이런 판매량이 나올 수가 없다.

'여기서 빵집 이야기를 하지는 못하니까⋯⋯.'

빵집 이야기를 하면 과연 네오치킨에서 싸움에 끼어들까? 그럴 리가 없다.

당연히 빵집 이야기는 할 수 없다.

그러면 노형진은 이 상황을 어떻게 설득할까?

그 답은 생각보다 간단했다.

"혹시 말입니다, 그 해당 부대장에게 인사하지 않으신 거 아닙니까?"

"인사라니요?"

고작 치킨집 하나 들어가는데 부대장에게 인사라니?

너무 어이가 없었던 서순광은 그 말뜻을 이해하지 못하고 되물었다.

"서 이사님도 사회생활을 해 보셔서 알지 않습니까, 보통 이런 경우는 저쪽에서 원하는 게 있다는 걸. 그게 아니라면 4개월씩이나 병력을 통제해서 접근 못 하게 할 리가 없죠."

"뭐요? 잠깐, 그러면 고작 대령 나부랭이 새끼가 우리한테 뇌물을 달라고 시위하는 거란 말입니까?"

"그런 것 같은데요. 그거 말고 다른 이유가 있을까요? 병력의 통제를 위해 하는 거라고 해도 길어 봐야 일주일이지, 무려 네 달씩이나 통제하지는 않을 것 같은데요?"

그 말에 서순광의 얼굴이 시뻘겋게 변하기 시작했다.

'당연하지.'

군대에서야 대령이니 뭐니 하면서 계급을 가지고 놀지만 사회로 나오면 한낱 아저씨일 뿐이다. 군대의 대령은 사회적으로 권력이 있는 직업이 아니다.

"다른 이유가 있을 것 같다고 하신다면 그 고견을 한번 들어 보고 싶습니다만."

"이이익."

사실 상식적으로 생각해서 다른 이유가 있을 수가 없다.

해당 식당에서 코델09바이러스 확진자가 발생한 것도 아니고, 단독으로 터무니없는 바가지를 씌운 것도 아니다.

정상적인 사업가이자 오랜 시간 정치인들과 여러 권력자들을 대응해 본 이사 입장에서 도출할 만한 답은 하나뿐이었다.

"허? 닭이나 판다고 우리가 아주 병신으로 보이나 보군요."

얼굴이 시뻘게진 서순광은 이를 빠드득 갈았다.

"그런데 새론은 왜 이걸 들고 우리한테 온 겁니까?"

"아시겠지만 우리 새론은 기획 소송도 하고 있으니까요."

새론은 가만히 먹잇감을 기다리지 않는다. 사회적으로 말도 안 되는 행동을 하는 자가 있다면 그와 관련된 증거를 모아서 피해자를 찾아가 설득해서 기획 소송을 한다.

"그러니까 이 사건을 새론에 맡겨 달라?"

"최선을 다하겠습니다."

그 말에 서순광 이사가 손을 내밀었다.

"계약서 내놔요."

"네?"

"당장 대표님을 만나고 올 테니."

별 그지 같은 대령 따위에게 병신 취급을 받았다는 사실 때문인지 서순광 이사의 눈에서는 분노의 불길이 활활 타오르고 있었다.

⚖️

"이제 이 건은 네오치킨 이름으로 소송이 진행되겠네요?"

"네. 그리고 아마 연대장은 등골이 서늘해지겠지요."

"그저 서늘해지는 것으로 끝나지는 않을 것 같은데요?"

무태식은 피식 웃으며 말했다.

"당연하지요. 이번에 확실하게 옷을 벗길 겁니다."

그들이 군인이라고 해서 봐줄 생각 따위는, 노형진에게 눈 곱만큼도 없었다.

다음 권으로 이어집니다

망한 가문의 검술 천재가 되었다

소구장 퓨전 판타지 장편소설

역사에서도 잊힌 비운의 검술 천재
최강의 꼰대력으로 무장한 채
후손의 몸으로 깨어나다!

만년 2위 검사 루크 슈넬덴
세계를 위협하던 마룡을 물리치며
정점에 이른 순간

이대로 그냥 죽어 다오, 나를 위해서.

라이벌인 멀빈 코넬리오에게 목숨을 잃……
……은 줄 알았는데,
200년 후의 몰락한 슈넬덴가에서 눈뜨다!
가족이라고는 무기력한 가주, 망나니 1공자뿐
망해 버린 가문을 살리기 위해
까마득한 조상님이 팔을 걷었다!

설풍 같은 검술, 그보다 매서운 독설로
슈넬덴가를 정점으로 이끌어라!